銀河の光が降りそそぐ街

たくまきよし

鳥影社

銀河の光が降りそそぐ街　目次

銀河の光が降りそそぐ街

プロローグ

憎しみの連鎖ほど醜きものはなく、
愛情の連鎖ほど尊きものはない。
世界中を駆け巡る、その『愛情の連鎖』こそが、
唯一、世界平和実現の礎となると……
私は信じる。

第一章　宿命なる出会い

一

「こんなところに人が倒れてるわ」

通りすがりの若い女が、ガス灯の傍《かたわ》らに横たわる男に気づき、肩を並べて歩いている、もう一人の女に声をかけた。

「――きっと〝紅《くれない》の里〟の部落の者よ。関わらない方がいいわ」

その女は男の方にチラリと眼をやり、素っ気なく言葉を返すだけだった。

「そうね。行きましょう」

彼女たちは素知らぬ顔で、その場を通り過ぎて行った。

二人とも華やかな衣装に身を包み、指や胸に貴金属を鮮やかに光り輝かせている。裕福な家庭のお嬢様方といった感じだ。

男は、大きな布袋を投げ出すようにして、意識を失い、石畳の歩道に仰向《あおむ》けに倒れていた。くたびれた紺色の上着。髪の毛は使い古したモップのようにボサボサであり、日焼けした顔には不精ひげが目立っていた。としの頃は三十代半ばといったところだろうか――。

そこは街中の通りであり、行き交う歩行者も多い。大概の男たちはスーツやタキシードなどの衣服に身を包み、きちっとネクタイを結び、いかにも紳士といった様相で歩いていた。一方、女たちは先ほどの彼女たち同様、華やかな衣装で着飾り、美しい装飾品を身に付け、その気品あふれる身なりは、文字通り淑女という感じだ。通りすがりの誰もが、路上に倒れている男に気づいても、無視して、その場を通り過ぎてしまうのだった。

広い通りの両側には、こぢんまりとしたレンガ造りの家が整然と立ち並び、その多くが何かしらの店を構えていた。車道を挟むように、洒落た造りのガス灯が一定の間隔で立ち並び、石畳の歩道に沿って、どこまでも続いていた。その間を時折、馬車が砂煙を巻き上げながら通り過ぎて行った。まだ電気や自動車といった文明の利器が発達していない、十九世紀頃のヨーロッパを思わせる、そんな街並みだった。

太陽が地平線に姿を隠し始め、まもなくガス灯に灯が燈《とも》ろうとしていた頃、家路につく一組の老人と娘の姿があった。老人は提灯《ちょうちん》をぶら下げ、娘は大きな麻袋を背負っていた。老人は優に七十を越え、娘は十代半ばといった年頃か――。祖父と孫と思える二人であるが、往来を行き交う人たちとは打って変わって、みすぼらしい身なりだった。老人は茶色っぽい地味なよれよれの上着にズボン姿。娘はすっかり色あせた桃色のセーターと、しわくちゃのベージュのロングスカートに身を包み、お互い衣服のあちこちに継ぎがあり、それがより一層、哀れさを感じさせた。娘は束ねた髪を包むようにスカーフを巻き、まるであのマッチ売りの少女を思わせるようだった。

「おじいちゃん、見て！　あそこに横たわっているのは、誰か人のようだわ」

娘が通りの向こう側を見つめながら言うと、老人も眼をやり、

「――おや、あれは人に違いない。一体、どうしたのだろうか？」

と、心配そうな面持ちで言った。

「私、ちょっと様子を見て来るわ」

娘は通り過ぎて行く馬車を一台やり過ごすと、すかさず駆け出し、車道を横切って行った。

「――気を付けるのだぞ！」

老人の張り上げる声が往来に響き渡った。

娘は男の傍らにやって来ると、腰を屈めて、両膝を地面に付けながら、

「大丈夫ですか……！　しっかりして下さい……！」

と、呼びかけてみるが反応はなかった。髪の隙間を縫うように血が石畳に滴り落ち、男は頭に怪我をしている様子である。何らかの事故か事件に巻き込まれたに違いないと娘は思った。

「私の声が聞こえますか……？　私の声が聞こえますか……？」

尚も娘は、男の耳元でしきりに問いかけた。

すると男は顔をわずかに歪めて、微《かす》かな声を上げた。『よかった！　生きてる……。生きて

るわ！』と、娘がほっと安堵の胸を撫《な》で下ろした、その時である。

「やはり、その男は、おまえの仲間だったのか！」

突然、どこからか野太い声が響いて来て——娘が顔を上げると、白い前掛けを下げた大柄な年配の男が、険しい顔をしながら歩み寄って来た。目の前には食堂があり、その店の主人だった。

「私はただの通りすがりで、この方とはたった今ここでお会いしたばかりで……」

娘は澄んだ瞳で主人を見つめながら言うが、まるで信じる様子はなく、

「おい、嘘をつくのはよすんだな。おまえらの身なりを見りゃ一目瞭然だぜ。——第一、俺は、そいつが乗合馬車から突き落とされるところをこの目でしっかり見ちまってるんだからな」

途端に娘の眼が丸くなって、

「この方は、走ってる馬車から落とされたのですか！」

「乗客たちに抱えられ、放り投げられるようにしてな」

「まあ……なんて可哀そうな……」

娘は哀しそうな顔つきで言った。

「おまえら部族が乗合馬車に乗ることは、法で禁じられてるんだ。それを破ったのだから仕方ねえ。自業自得ってもんだぜ。——とにかく、そいつが、そこに倒れてるお蔭で、こっちは商売上がったりでひどく迷惑してるんだ。目障りだから、さっさとどこかへ連れてってくれ！」

と、主人は男をまるで粗大ごみ扱いするように言うのだった。

第一章　宿命なる出会い

そのあまりに冷酷な言葉に、娘は頭に血が上るような憤りを覚え、とっさに、

「この方は怪我をして倒れておられるのです！　それを見て見ぬふりをするのもあんまりですが、何もそんな冷たい言い方をされなくても、よいのではありませんか！」

と、主人の顔をしかと見つめながら言った。

「何だと！――この俺に意見するとは、とんでもねえ小娘だ！」

腹を立てた主人は、娘の襟首に摑み掛かり、物凄い形相で彼女を睨《にら》み付けた。しかし娘は怯《ひる》まず、主人の顔を見据え続けた。

「おい、その眼はなんだ！」

主人は怒りが込み上げ――ついに、もう一方の手で娘のスカーフをむしり取ると、それを鞭にして、彼女の顔に幾度となく浴びせつけるのだった。娘は歯を食いしばって堪えながら、決して主人の顔から視線をそらさなかった。それが彼女にできる唯一の抵抗だったのである。

「もう容赦しねえ！」

怒りが頂点に達した主人はそう叫ぶと、勢いよく娘を正面に突き飛ばした。彼女の身体が石畳の上を転がった。

すると次の瞬間――常識では信じられないような（目を疑う様な）出来事が！……今まで何の変哲もなかった主人の眼が、まるで電球のように、煌々と光り輝き始めたのである。その色は紫だった。今にもその光が、娘に向かって飛び出してきそうな、そんな勢いであった。

そこへ、老人が慌てた様子で駆け寄って来て、二人の狭間に割り込むと、

「どうぞ、私の孫の失礼をお許し下さい！　何卒、お許しを！　この通りでございます！」

と、主人の目の前に跪き、両手を地面に付け、深く頭を下げた。

「お、おじいちゃん……」

そんな老人の姿に、娘は呆然《ぼうぜん》となっていた。

「おまえが、その生意気な小娘の老いぼれか！　この始末をどうつけてくれる！」

主人は老人が傍らに置いた提灯を蹴飛ばすと、今度は跪《ひざまず》く老人の襟首を掴み上げ、さらに因縁をつけて来るのだった。

その光景を見た娘は冷静さを取り戻し、すかさず老人の隣に跪いて、

「先ほどの失礼をこうして心からお詫びいたします。ですから、どうぞ、その手をお放し下さい」

と、主人に向かい頭を深く下げながら懇願した。高齢で体力が衰えている祖父に、決して苦痛な思いをさせるわけにはいかなかった。もはや娘もそうする以外なかったのである。

しかし主人は、二人をすんなり許すはずもなく、

「それじゃ、ちっとも詫びになってねえ！　おまえらの詫びるというのは、こうするんだろうが！」

主人は、それぞれの手で老人と娘の頭を鷲づかみにして、さらに二人の額を強く石畳の地面に押し付けるのだった。眼を紫色に光らせながら言う、その姿はまさに鬼の形相であり、老人

と娘は、ただ苦痛と屈辱に耐える以外なかった。

いつしか周りには、人だかりができていた。しかし、誰一人として彼らに救いの手を差しのべる者はなく、むしろ冷ややかな眼差しで見つめるばかりだった。

「ハハハハハッ……！　ハハハハハッ……！」

主人は天に向って、満足しきったような面持ちで高笑いしていた。

やがて主人の眼から光が消え、本来の眼に戻ると、主人は群集に向かって、愛想よく微笑みながら、

「いやあ、みなさん、どうもお騒がせしました。もう事は済みましたので、どうぞ道をお急ぎ下さい」

と、言い残すと、何事もなかったように店の中に消えていった。群集もすぐに散っていき、石畳の上に向かい合って、しゃがみ込む老人と娘、そして傍らに倒れている男だけが取り残されていた。

「おじいちゃん、ごめんなさい」

娘は潤んだ瞳で老人を見つめながら言った。娘の眼から真珠のような涙が溢れ出し、頬を伝わり石畳の上に零《こぼ》れ落ちた。

「ポーシャ、何も謝ることはない。おまえは決して間違ったことなどしておらん。このわしこそ、おまえの力になれなくてすまなかった」

老人は娘の汚れた額を優しく指先で拭いながら言うと、スカーフを拾い上げ、娘の頭に結んであげた。

娘の名はポーシャ、そして老人はコゼフという名だった。

ポーシャは、いつしか男の眼が開いていることに気づいた。たちまち潤んだ瞳が輝き始めて、

「おじいちゃん、その方の意識が戻ったようだわ」

「――ほんとうだ、よかったな」

男を見つめるコゼフの顔が、穏やかな笑みに包まれた。

男は仰向けのまま、ぼんやりと天を見上げていた。

「ようやくお目覚めになりましたね。気分の方はいかがですか？」

ポーシャは男の顔を覗き込みながら、笑顔で問いかけた。

「あなたは……？」

と、男はうつろな眼でポーシャを見つめながら訊き返した。

「私は、ポーシャといいます」

「――私は、なぜ、ここにいるのだ？」

「あなたは馬車から落とされたらしく……それで意識を失い、ここにずっと倒れていたのですよ」

「この私が、馬車から……？」

男は考え込むような顔つきになっていた。どうやら思い出せないようだった。

男は徐々に上半身を起き上げようとした。

「頭に怪我をしているわ。しずかにゆっくりと起き上がって下さい」

すかさずポーシャは懐からハンカチを取り出し、怪我をしている男の側頭部に当てると、もう一方の手で背を支え手助けした。男は起き上がる瞬間、胸の辺りを押さえるようにして苦痛に顔を歪ませた。

「大丈夫ですか……？　胸が痛むのですね？」

ポーシャは心配そうに声をかけると、コゼフが気の毒そうに、

「馬車から落ちた拍子に、肋骨《ろっこつ》を痛めてしまったのだな」

男は上半身を真っ直ぐに起こすと、どうやら幾分、苦痛は和らいだようだ。

「大丈夫だ。大したことはない」

ポーシャはハンカチを外し、安堵した。

「頭の出血は、すっかり治まってるようだわ」

「大事にならなかったのは幸いだった」

コゼフも安堵の胸を撫で下ろした。

「ところで、どちらへ向かうつもりだったのでしょうか？　――怪我をしているので、私たちが付き添って差し上げますが、いかがでしょう？」

ポーシャは親切に問いかけてみるが……男は額に手を押し当てながら、

「――それが、わからないのだ」

と、困惑した様子になってしまった。

ポーシャは不思議そうに、

「あのう……わからないとは、行き先をお忘れなのですか？」

「行き先ばかりではない。――自分がどこの誰なのか、まったく思い出せないのだ」

「頭を打った衝撃で、記憶を失ってしまったのだな」

コゼフが深刻そうな顔つきで言った。

「まあ、それは大変だわ！」

と、ポーシャは眼を見開きながら言うが、すぐに何か閃《ひらめ》いたように、

「そうだわ！　私たちとは違い、きっとアイズカラーをお持ちでしょうから、せめて、それで身分ぐらいは証明できるのではありませんか？」

「そうか……。では試してみよう」

男は、じっと眼を凝らした。眼を光らせてみようとしたのである。――だが、しきりに試みても、男は眼など光らすことはできなかった。

「だめだ……。アイズカラーさえ発せられなくなってしまったようだ」

男はフッと息を吐いた。

「記憶ばかりか、アイズカラーさえ失ってしまったとなれば……それは、とても厄介なことになりましたな」

コゼフの顔つきは、より深刻になっていくばかりだった。そのアイズカラーというものを携えていないことが、いかに重大であるか理解していたからである。それはポーシャとて同様であり、

「そうなると……傷を負い、帰る場所さえわからなくなってしまったこの方を、このまま一人きりにさせておくわけにはいかないわ。――ねえ、おじいちゃん、今晩はこの方に、私たちの家に来てもらってはどうかしら？」

と、コゼフの方に振り返りながら訊《き》いた。

「アイズカラーを持ち合わせていなければ、世間の誰もが取り合ってくれないだろう……そうするのが賢明のようだ」

そのコゼフの言葉に、ポーシャは笑顔で肯《うなず》くと、向き直り、穏やかな眼差しで男を見つめながら、

「今晩は是非、私どもの家にお越し下さい。粗末なところで、何のお持て成しもできませんが、怪我の手当てぐらいはして上げられます。――ただ、ここから大変長い道のりを歩まねばなりませんが、どうぞ、それだけは辛抱して下さい」

「明日になれば、記憶やアイズカラーも戻るかもしれない。とりあえず今晩ばかりは、そうし

なされ」と、コゼフも男を促した。

「面倒をかけるが……では喜んで、お言葉に甘えさせてもらおう」

男は二人の親切を快く受け入れると、傍らに転がっている布袋を拾い上げて、ゆっくり立ち上がった。しかし足を一歩踏み出そうとした途端、身体がよろめいて、再び崩れ落ちそうになってしまうのだった。すんでのところで、ポーシャとコゼフが両脇から支えてくれたお蔭で、何とか転倒は免れたが……。

「足にも怪我をされているのですね」

ポーシャが心配そうに声をかけると、

「なあに……たいしたことはない。右足の膝の辺りが、ちょっと痺《しび》れてるだけだ。歩いていれば、そのうち治まるだろう」

「ともかく私どもの肩におつかまりなさい。――長い道のりなので、無理せず、のんびりと行きましょう」

「辛くなったら、すぐに休息を取りますので、遠慮なく言って下さい」

「何から何まで、面倒をかけて済まない」

男は二人の親切を身に染みるほど有難く感じながら言った。

ポーシャとコゼフの肩を借り、両脇から支えられると、男はぎこちない足取りながらも、何とか歩みを進めることができた。

すでに太陽は沈み、西の空が黄昏《たそがれ》色に染まり始めていた。ガス灯に次第に明かりが燈ってい
き、三人は石畳の歩道を一塊になって進んで行った。行き交う人たちは、そのみすぼらしい彼
らに、声をかけることもなく、気づかう素振りさえ見せなかった。むしろ避けるようにして、
追い越し、すれ違っていくのだった。

やがて川に架かる石橋に差しかかろうとした時である。車道を走って来た二頭立ての馬車が、
彼らを追い越したかと思うと、次第に速度を落として、橋の袂《たもと》に停止した。通り過ぎて行く、
どの馬車よりも一際目立つ、ホロの付いた、大変立派な馬車だった。

そして彼らが、その傍らを通り過ぎようとしたときである。

「お待ちなさい！　そちらの男の方……怪我をしてるのね？」

馬車の中から一人の女が、顔を覗《のぞ》かせて声をかけてきた。鮮やかなマリンブルーのドレス。
流れるような美しい長い髪が肩を覆い、胸には宝石を一粒あしらったペンダントが鮮やかに光
輝いていた。としの頃は二十代も半ばを過ぎたところだろうか……かなりの美貌の持ち主だ。
ゆったりとした客室には、その女がただ一人、そして、前方で馬を操っているのは、茶色っぽ
いベストを着込み、面長でスリムな体型の四十前後と思われる男だった。二頭立ての豪華な馬
車を占有しているところを見ると、どうやら、よほど高貴な身分のお嬢様と見受けられる。

怪我を負った男を伴った、みすぼらしい身なりの老人と娘。老人は潰れかけた提灯を片手に
ぶら下げ、娘の背負っている麻袋からは、破れた布が垂れ下がっていた。そんな哀れな様子か

ら、きっと何か大きな事情があるに違いないと女は思い、呼び止めたようだった。

「――一体、どこまで行かれるのかしら？」

女のさらなる問いかけに、ポーシャが口を開いて、

「〝紅の里〟の部落へ帰る途中です。そこに自宅があるものですから……」

「まあ、それは何とご苦労な……！」

と、女は驚き、言葉を詰まらせた。その部落までは、ここから徒歩で半日ほどかかる、大変長い道のりであることを知っていたからである。途中、広大な平原を横切り、起伏の激しい山道さえ抜けて行かねばならず、まして日の暮れかけた遅い時間帯であるのだ。夜道を覚悟しているばかりか、しかも負傷した上背のある男を両脇から支えているのが、老人と少女であるのだから、無理もなかった。

「ならば、私が送って差し上げましょう。――さあ、この馬車に、お乗りなさい」

女は躊躇《ためら》うことなく、馬車の扉を開いた。

ポーシャとコゼフは、彼女の顔を茫然と見つめるばかりになっていた。いまだかつて街中で行き交う人たちから、親切に声を掛けられたことなどなく――まさか、そのような施しを授けてもらえようとは、夢にも思わなかったからである。

「あ、あのう……本当に、よろしいのでしょうか？」

ポーシャは眼を見開きながら、念を押すように訊いた。

「遠慮しなくていいのよ。さあ、どうぞ、お乗りなさい！」

女は穏やかに微笑んで見せた。それは何とも言えないほど魅惑的な笑顔であり、まるで彼女が天から舞い降りた天使のように、ポーシャには思えた。

すると馬を操っていた男が、呆気《あっけ》にとられた様子で振り返り、

「——お、お嬢様。何をおっしゃるのですか……！」

「医療の職に携わる身の私が、怪我をしている人を平気で放っておけるとでも思うの……？」

「ですが……見ておわかりのように、決してお嬢様のようなお方が、関わるような者たちではございませんから……」

と、男が言い終える間もなく、たちまち女は険しい顔つきになって、

「お黙りなさい、ジョセフ！」

と、男を厳しく叱り付けるのだった。

「——申し訳ございません」

その迫力に圧倒されて、たちまち男はシュンとなり、正面に向き直ってしまった。


馬車は軽快に街中の通りを進んで行った。向かい合った二つの座席。後方の座席に前向きに座っている女の隣にポーシャが座り、その正面にコゼフと男が並んで座っていた。ポーシャは、馬車の風を切って突き進んでいく爽快感がたまらなかった。コゼフと男も、走馬灯のように駆

け抜けて行く光景を無言のまま見入っていた。

ポーシャとコゼフにとって、馬車に乗るのは初めてであり、そこにいること自体が場違いに感じられ、客室内は緊張した雰囲気に包まれていた。

するとそれを断ち切るように、女がポーシャの方に振り返り、口を開いて、

「私の名はマリーヌ。あなたの名は何かしら？」

「私はポーシャといいます」

「見かけどおりの、可愛いお名前ね」

「そう言って頂けて、嬉しいです」

ポーシャは照れた様子で言った。マリーヌの優しい言葉に、彼女の緊張感も次第に和らいでいった。

「ところで、みなさんはポーシャのご家族かしら？」

「一人は、私の祖父ですが、もう一人の男の方は……実は、つい先ほど出会ったばかりで……」

「そうなると、やはり何か込みいった事情がおありのようね？　よろしければ、それを聞かせてもらえないかしら？」

「はい。それでは是非、お話しします」

ポーシャは微笑みながら言った。大きな親切を授けてくれたばかりか、いかにも頼りになる

人物のように思えて、ポーシャ自身、話すことに躊躇いはなかった。

「それは……私たちが編んだ麻布と竹細工を問屋に納めた帰り道のことでした……」

と、ポーシャはこれまでの経緯をすべてマリーヌに打ち明けたのだった。

そして、そのポーシャの話を締めくくるかのように、男が口を開いて、

「――馬車から突き落とされた衝撃で、怪我を負い、記憶やアイズカラーさえ失い、帰る場所のないこの私を……二人が親切にも自宅に招き入れようとしてくれたのだ」

「なるほど。事情はわかったわ」

マリーヌは表情を引き締めながら言った。やるせない思いが込み上げてくる反面、心温まる気分に、心境は複雑だったのである。


いつしか馬車は街中を出て、広大な平原を突き進んでいた。先ほどまでわずかな明るさが残っていた空は、すでに満天の星に埋め尽くされていた。――だが、その星空は我々が思い描くものとは大きくかけ離れたものだった。その夜空には、渦巻状の壮大なる銀河が横たわっている。渦を形成する無数の星々が、中心に向かうにつれて、さらに密集していき、淡い光の塊《かたまり》として、視界に捉えられる。それは、まさにスターダスト……神秘的な光に包まれ、まるで幻想の世界を眺めているようだった。

銀河の光は地上にも万遍なく降りそそぎ、視界一面に広がる光景が、ちりばめた宝石のよう

に、きらきらと光り輝いていた。彼方には小高い山や丘が幾つもあり、微《かす》かなエメラルド色に、ぼんやりとその姿を浮かび上がらせていた。

　やがて馬車はうっそうと木々が茂る暗い山道へと入って行った。曲がりくねった起伏の多い荒れたでこぼこ道で、これまでの軽快な走りとは違って、車輪が軋《きし》み、車体が上下に、そして左右に激しく揺れた。速度も急速に落ちて、男も馬を操るのにかなり苦労している様子だった。そこを抜けると、再び視界が開けて、星空と平原が広がった。平らな一本道がずっと真っ直ぐに伸び、馬車は一気に速度を上げた。しばらく進んで行くと、やがて正面に、長い塀に囲まれた広い敷地が見えてきた。そこが〝紅の里〟の部落である。歩くと大変長い道のりも、馬車では、あっという間のひと時だった。

　馬車は、その入口の手前に広がる雑草のはびこる殺風景な空き地に止まった。出入り口には門柱として、朽ちかけた大木が二本立っており、それぞれ左右から簡素な板張りの塀が遠くまで延び、それに沿って小さな堀が続いていた。入口のすぐ手前には木の板を横たえただけの粗末な橋が架かっていた。

　三人は、マリーヌと、ここまで馬車を操ってきた男それぞれに心から礼を述べて、馬車を降りた。

「ポーシャ、あなたに渡しておきたいものがあるわ」

　マリーヌはポーシャを呼び止めると、すぐさま足元の鞄から、何やら平たく丸いブリキの容

器と、大きめの布袋を取り出して、

「この容器には膏薬《こうやく》が……そして、こちらの袋には包帯やガーゼなど、治療に必要な道具が入ってるわ。帰ったらすぐに、これで男の方の怪我を手当てしてお上げなさい」

と、それぞれを彼女に手渡したのである。

「——これは、お薬なのですね！」

ポーシャは眼を丸くして、すこぶる驚いた様子だった。そんな彼女の姿に、

「ええ、そうよ……」と、マリーヌはそれ以上の言葉を失った。

「親切に送って下されたばかりか、このような高価なお薬まで頂けるとは……何と、ありがたいことでしょうか！」

ポーシャは眼を輝かせながら感謝の意を伝えた。だが次の瞬間、不思議そうな面持ちで、

「——ところでマリーヌ様、なぜ、今このような物をお持ちなのですか？」

するとマリーヌの顔から笑みが零れて、

「そうよね……いきなりそのような物を差し出されては、不思議に思うのも当然ね。——実は、私は医師なの」

「街中には怪我や病気を治してくれる〝お医者様〟と呼ばれる方がいると聞きました……ではマリーヌ様は、その〝お医者様〟なのですか！」

ポーシャの眼が再び丸くなった。

マリーヌはクスリと微笑んで、

「お医者様とは、たいそうな呼ばれ方だわ！　医師といっても、まだ卵からかえった雛のようなもので、堂々と名乗れるほどの身分ではないのよ。——とりあえず手当ての仕方を教えておきましょう。難しくないので安心してお聞きなさい」

そしてマリーヌは説明を終えると、

「——それでは、男の方の一日も早い怪我の回復と、記憶とアイズカラーが取り戻せることを心から願ってるわ」

「こうして初めてお医者様と出会えて……そのお医者様というのが、どれほど素晴らしい方なのかよくわかりました。——今日という日が、私にとって一生の思い出に残る、最高に素敵な日になりました。本当にありがとうございます」

ポーシャは満面に笑みをたたえながら言うと、マリーヌに向って深くお辞儀をした。そして身を翻し、彼女からの授かり物を大切に胸に抱き締めながら、出入口の門柱の前で待っているコゼフと男の元へと、心躍らせるように駆けて行くのだった。そんな彼女の後ろ姿をマリーヌは、そっと眼で追い続けていた。

最後に残した少女の言葉。——それは心に焼き付くほど印象的なものであり、三人が敷地の奥に消えても、マリーヌは我を忘れ、じっと見守り続けていた。

「お嬢様……もう、よろしいでしょうか？」

男の問いかけに、マリーヌはふと我に返り、

「ありがとう、ジョセフ。もう馬車を出してもらって結構よ」

と、穏やかな口調で言った。

帰宅の道中、マリーヌは感慨にふけっていた。その部落に暮らす人々の暮らし向きが、決して裕福ではないことは、噂に聞いて知っていた。薬を授けた時の、あの少女の眼の輝きようは言葉では言い表せない程であった。それを大事そうに抱え、医師に出会ったのも初めてだ、と語る少女。どうやらそこに暮らす人々にとって、薬や医師など無縁の存在のようであり……そうなると病に苦しむ人が大勢いるに違いないだろうとマリーヌは思った。救える望みがありながら、やむなく命を落としていく人々も数限りないのだろうと。――その瞬間、彼女の胸に、切なさが一気に込み上げてきた。同時に新たなる決意なるものが、ひしひしと熱く湧き上がって来るのであった。


先ほど同様、男はポーシャとコゼフの二人に両脇から支えられ、三人は一塊《ひとかたまり》となって部落の通りを進んで行った。通りの両側には、小さな古びた木造のみすぼらしい家ばかりが立ち並んでいる。どれもこれも材木に板を打ち据えただけの簡素なものだった。あちこちに修繕の後が目立ち、雨露を凌ぐのがやっという有り様だ。街中のレンガ造りの家々と較べると、極端な貧富の差は一目瞭然であり……そんな光景を銀河の光が、無縁のように照らし出していた。

やがて三人は左手の路地に入り、その突き当りを右手に曲がった、三件目の家の前で足を止めた。

「ルーブル、今、戻ったわよ」

ポーシャが玄関の引き戸を開きながら言うと、すかさず中から駆け寄ってくる足音が響いた。

「今日は、ずいぶん帰りが早いんだね」

と、玄関に姿を現したのは、鮮やかな栗毛色の髪をした、つぶらな眼が印象的な、十歳ぐらいの年頃と思える少年だった。ポーシャの弟で、名はルーブルといった。

「ルーブル、お客様をお連れしているの。怪我をしているので、すぐに手当てをしないといけないわ。あなたも手伝ってちょうだい」

ルーブルは、ポーシャの背後で、コゼフに支えられるようにして立っている男の方に、チラリと眼をやると、

「うん、わかった！——それで、おいらは何をすればいいんだい？」

「まずは井戸で水をくんできて、湯を沸かし、ぬるま湯をたっぷりこさえてちょうだい」

「じゃあ、すぐに行ってくるよ！」

ルーブルは玄関の隅に置いてあった手桶をぶら下げ、勢いよく外に飛び出して行った。

コゼフとポーシャは男を家に招き入れた。——部屋は八畳ほどの広さの床の間が一つあるだけで、玄関で靴を脱いで上がる、いわゆる和式を思わせる造りだった。板張りの床には、色の

くすんだ麻布が敷き詰められていた。煤《すす》けた天井。その真ん中辺りに錆《さ》びたランプがぶら下がり、部屋の中が仄《ほの》かな明かりに包まれていた。目に付くのは、丸い卓袱台と粗末な家具が一つ。編みかけの麻布や、作りかけの竹細工などが部屋の隅にまとめて置いてあった。壁際に吊《つ》るされた両開きのカーテンの隙間から、壁を繰り抜いて造ったと思われる二段式の寝床が見えた。正面の奥は土間になっていて、古びた釜。大きな甕《かめ》。そして食器の載った棚や調理台と思える物もあるところから、どうやら、そこが台所のようだった。

ポーシャは男の手当てに取り掛かった。マリーヌに教わったとおり、頭や胸、そして膝などの患部をぬるま湯で丁寧に拭うと、そこに膏薬をたっぷり塗っていき、そしてガーゼをあてがい包帯を巻いていった。特に右足の怪我が思ったよりもひどく、膝の辺りが赤紫色に変色して腫れ上がっていた。

やがてポーシャは手当てを済ませると、

「これで、もう大丈夫だわ。――気分の方はいかがかしら？」

「おかげで、痛みも和らぎ、随分、楽になった」

「それは、よかったわ」と、ポーシャは微笑みながら言うと、

「窮屈でしょうが……しばらくは、そのまま辛抱して下さいね」

男の身体には、あちこち包帯が巻かれ、見るからに痛々しかった。

「何から何まで面倒をかけて申し訳ない。この通り、心から礼を言う」

と、男はポーシャに向かってきちっと頭を下げると、

「――これならば、たとえ記憶やアイズカラーが戻らなくとも、明日には旅立つことができそうだ」

「あの……それは、まだ控えた方がよろしいかと思います……」

ポーシャが戸惑いながら言うと、続いてテーブル越しの壁際に座って、竹細工の作業に没頭していたコゼフが、そのまま口を開いて、

「無理をして、それ以上、悪化させたら、元も子もありませんぞ。行くあてがないのなら、せめて怪我が治まるまでは、ここでじっとされていた方がよろしいのではないかな……？」

するると男は目を伏せ、

「あなた方の気持ちは、大変ありがたく思う。――だが、これほどの親切を授かりながら……これ以上甘え続けていては、私の気がおさまらないのだ」

と、苦悩の色を露わにしながら言うのだった。

「そう水くさいことをおっしゃらないで下さい。こうして私たちが出会えたのも、きっと何かのご縁。――ですから、そのご縁をもっと大切にしましょうよ」

ポーシャの顔に爽やかな笑みが広がった。

そしてコゼフが作業の手を休めて、男の方に眼をやると、

「わしの可愛い孫がそう言っておるのだ。――ここは、どうかひとつ……聞き入れてはもらえ

ませんかな？」

と、問いかけるコゼフの顔も、穏やかな笑みに包まれていた。

男はゆっくり眼を閉じると、大きく頭を肯けた。一家の真心に感銘を受け、湧き上がる涙を堪《こら》えようと必死だったのである。

「お姉ちゃん、鍋のお湯が沸いたけど、次は何をすればいいんだい？」

と、突然土間の方からループルの声が響いて来た。男の怪我の手当てをしていたポーシャに代わり、夕食の支度の段取りを進めていたのである。

「ありがとう、ループル。——後は、私がするからいいわ」

すかさずポーシャが立ち上がり、土間の方へと足を運んだ。

そして男は、一家と共に卓袱台《ちゃぶだい》を囲み夕食をすることになったのである。テーブルの脇に置いた鍋からポーシャが、料理を一つ一つ器に盛り付けていくと、

「これは、私どもが主食にしている野菜粥です。お口に合わないかもしれませんが、空腹ぐらいは満たせますので、どうぞ、召し上がって下さい」

と言いながら、その一つを男の前に差し出した。端の欠けた粗末な茶碗。しかし中身はもっと粗末なものだった。半透明の汁の中に、ぶつ切りされた、さまざまな青菜が混じり合い、粟《あわ》や稗《ひえ》などの穀物の粒がまばらに目に付く程度の代物で、立ち上る湯気にも、食欲をそそる香ばしさなど、みじんも感じられなかった。正直、とても料理と呼ぶには相応しくないように、男

には感じられた。無論、今まで自らが、どのような物を食してきたのか、男はそれさえ思い出せずにいたが、少なくとも、それよりは、もっとましな物だったのだろうと思えるのであった。

三人の家族は食事を目の前にして、両手を合わせて祈りを捧げた。一体彼らは何に祈りを捧げているのか？――男はふと気になったが、あえて尋ねはしなかった。とにかく男も彼らに倣《なら》い両手を合わせた。そして有難く、その料理を食してみたのである。それは男にとって、お世辞にも美味しいとはいえないものだった。野菜というよりは、雑草そのものを煮詰めたような食感と、青臭さばかりが鼻をつき、思わず口から吐き出してしまいそうになるような、耐え難いものであった。

三人は黙々とそれを食べ続けていた。その味に何の違和感を抱くことさえ無く……空腹であったことも幸いし、男はゆっくり時間をかけて、何とか茶碗の中身をきれいに平らげた。ポーシャは男にお代わりを勧めてこなかった。決して男の食べている様子から察したわけではない。蓋《ふた》の外された鍋。それぞれ茶碗一杯ずつで、すでに中は空っぽになっていた。とにかく味はどうであれ、食べ終えれば空腹は落ち着き、男は充実した気分になれた。

「どうも、馳走になった」

と、男が茶碗を置き、礼を言うと、

「お口直しに、白湯でも、どうぞ……」

ポーシャは、白湯の入った湯呑茶碗を男の前に差し出すと、すぐに立ち上がり、食器の後片付けに取り掛かった。コゼフはすでに食事を済ませ、再び竹細工の作業を始めていた。傍らでルーブルがその手伝いをしていた。男は白湯を啜《すす》りながら、ほのぼのとその光景を眺めていた。

やがて片付けを終えて、ポーシャが再び部屋に戻って来ると、今度は男のために寝床の準備を始めた。カーテンの向こう側から蒲団を取り出し、男の脇に敷くと、枕や毛布なども用意してくれた。その寝具も、あちこちに修繕の後が目立ち、くたびれきったものだった。

「つかぬことを訊くようだが……ここで暮らしているのは、あなた方三人だけなのかな？」

床の準備を終えたところで、男はふとポーシャに尋ねてみた。見たところ老人と、孫二人という家族構成というのも、いささか珍しく思ったのである。

「母はすでに病気で亡くしておりませんが……父がおります。実は、労役のために、今ここを離れているのです」

彼女の口から返ってきた、思いがけない言葉に、男は疑問を覚え、

「労役とは……一体、どういうことだろうか？」

ポーシャはテーブルの前に腰を落ち着けて、白湯を啜り一息はくと、

「——すでに見ておわかりでしょうが、私たちの暮らし向きは決してよいものではありません。農作物を育て細やかな生活を送っているのですが、何しろ取り立てられる税は厳しく、稲作で収穫した米は、すべて税に納めなくてはなりません……それでも賄《まかな》うことができず、竹細工や麻布を編んで補って生活しているのです。ですが、私たちを窮地に追いやっているのは、その

税ばかりではありません。――実は、この部落に暮らす、十六から六十歳のすべての男女に、労役が課せられ、稲作が休止になる、この晩秋から冬が終わるまでの約四ヵ月間、毎年この地を離れて、赴《おもむ》かなくてはならないのです。現在、父も皆と共に、労働に励んでいます。ですから現在ここに残っているのは、お年寄りと子供たち、そして体を動かせないほどの重い病気を抱えた人ばかりなのです」

耳を疑うような彼女の話に、男は驚くばかりか、やるせない思いに包まれて、

「過酷な税を強いられた上……働き手の大人たちすべてが､労役に駆り立てられてしまうとは、何と気の毒なことか……そして残された、か弱き立場にある人たちで、過酷な冬を乗り切るというのも、実に辛いこと。――だが、なぜ……汚れなきあなた方に、そのような試練が、毎年のように課せられなくてはならないのだ？」

彼らが常に極貧の最中にあるのは当然であり、男には、どうしても納得がいかなかった。

ちなみに、そのような現状から……この部落に暮らす人々の平均寿命は、六十歳そこそこといったところだったのである。

「――それが、この部落で生まれ育った私たちの宿命なので……仕方がないのです」

ポーシャは眼を伏せながら、諦めたように言うのだった。

彼女の言葉に、何か並々ならぬ事情が隠されているのでは……と察した男は、

「宿命とは……どういうことなのだ？」

と、食い入るような眼差しでポーシャを見つめながら尋ねた。

そしてポーシャがゆっくり顔を上げ、何か言おうとした、その時――黙々と竹細工の作業を進めていたコゼフが口を開いて、

「ポーシャ、今晩はその方に安静にしてもらわなくてはならないのだ。もう、それくらいにしておきなさい」

と、彼女の方に眼をやり、妙に落ち着き払った口調で言った。それ以上は決して語るなと促《うなが》している様子が、男には明確に感じ取れた。

するとポーシャは改まった様子で、真っ直ぐに男の顔を見つめながら、

「ですが……何もそう辛いことばかりでもないのです。春になれば必ず、父は戻って来るのですから、それを心待ちにして過ごす冬も、結構楽しいものなのですよ」

と、精一杯に微笑んで見せるのだった。

男の心には、しこりのようなわだかまりが消えることはなかったが、それ以上、詮索するすべもなく、口を噤《つぐ》むことにした。

ポーシャは部屋の隅に無造作に置かれていた男の上着を丁寧に畳み始めていた。すると、その内側の裾辺りに、何やら手書きの文字が書いてあるのに気づき、すかさずその部分を広げて男に見せると、

「実は、私たちは読み書きができません。――ここに何が書いてあるのか、おわかりになりま

すか？」

男は眼をやると、

「ヨハン……ヨハンと、そう書いてあるが……」

その瞬間、ポーシャの瞳が輝いて、

「ヨハンといえば人の名！――では、このヨハンというのが、あなたの名ではないでしょうか？着ていた衣服に書いてあるのですから、そうに違いないわ」

「――私の名がヨハン……？」

男は思い出そうとしてみるが、しかし、どうしても思い出すことができず……とにかく男の頭の中は、いまだ自分自身に関することは、何もかも真っ白のままだったのである。


これはグレニズム王国という、まか不思議な世界の物語である。そこに暮らす人々は我々同様、ごく普通の人間であることに変わりないが、大概が生まれながらにして自らの眼を光らせる能力を持っていた。それを〝アイズカラー〟と呼び、赤、橙、黄、緑、青、藍紫といった、人それぞれが、虹の色を振り分けた異なる七種類の色を所持し、その色によって身分や階級が定められた世の中だった。その最高位は赤色で、それを所持するのが王族であり、その王族の特等位を筆頭に、一等位から六等位まで格付けされていたのである。人口の大半を占めるのは、最下層の紫色のアイズカラーを所持する、いわゆる平民とされる人々であり、それが全体の八割ほどを占めていた。階級が上がるに連れて、上位の色の占める割合は極端に減っていき、その人口分布を図形で表すなら、底辺の長い潰れた三角形を想像して頂きたい。しかしながら、そこに属せない人々もいた。生まれながらにして、アイズカラーを所持していないがために、世間から蔑《さげす》まれ、人里離れた地域に、まるで隔離されるかのように暮らす人々が、どの地方にも少なからず存在していたのである。〝紅の里〟の部落に暮らす人々も、その一例であり――彼らには乗合馬車の乗車を禁じられるなど、街中のさまざまな施設の利用に制限が設けられていた。子供たちが教育を受ける権利さえ与えられず、また医療さえ奉仕されることなく、社会的な制約が多かった。その上、過酷な税を課せられ、さらに労役までも強いられ、苦境の中で生涯を生き抜かねばならない、何とも哀れな境遇の人々だったのである。

またアイズカラーを所持する人々は、光らせた眼から、レーザー光線のような光を放つ能力を兼ね備えていた。それを〝アイレーザー〟と呼び、高位のアイズカラーを所持する者ほど威力があり、それを浴びた下位の者は呪縛にかかってしまい、逆に下位の者が高位の者に向けて、それを放つとすれば、自らに跳ね返り呪縛にかかってしまうという不思議な魔力を秘めていたのである。そのアイレーザーは視線を向けたところに、ピンポイントで命中させることが可能なため、それはまさしく肉体に宿る強力な武器と言えるものであった。すなわち長い歴史において、高位のアイズカラーを所持する者ほど、より高い権力を掌握していったのだった。よって最高位の赤色のアイズカラーを所持する者たちが王族を名乗り、その頂点に立つ国王こそが絶大なる権力を掌握し、その世界を支配し君臨するという、身分制度が徹底された世の中だったのである。

アイズカラーは遺伝的に受け継がれていくものであり、その組成因子は、父方のものが、永遠に子孫に受け継がれていくが、一方、アイズカラーを所持しない者たちは、その子孫が永遠にアイズカラーを持つことはなかった。そのため彼らは、その世界で最もか弱き存在となり、いつしか社会のどん底にまで叩き落されていたのである。

二

翌日の昼下がりのことだった。

穏やかな秋の日差しに包まれて、軽快な蹄《ひずめ》の音を響かせ疾走して来た一頭の馬が、堀の小橋を一跨《ひとまた》ぎで駆け抜け、門柱の大木の狭間を通って、部落の敷地に駆け込んできた。ダークブラウンの鮮やかな毛並み、均整の取れた体格、そして腿《もも》の筋肉の張り具合からいって、まさしく名馬と呼ぶに相応しい馬であり、それを操っているのは、白い乗馬服とロングブーツに身を包んだ若い女だった。

女は塀の脇に群がる木立の側で、手綱を引いて馬を止めると、華麗に馬の背から飛び降りた。

「オリオン、しばらくここで、おとなしくしているのよ」

女は馬の首筋を撫《な》でながら言い聞かせると、彼を目立たぬ場所にある一本の木にくくり付けた。そして大きな鞄を肩に下げ、殺風景な更地の向こう側に見える、建物の群がる方に向かって歩き始めた。

彼女は昨日ポーシャたちを馬車でここへ送り届けてくれた、あのマリーヌだった。怪我をした男の容体が気になったばかりか、この部落の医療の現状を探ろうと、ここまで足を運んで来たのである。とにかく彼女の医師としての使命感に燃える心が、この地に彼女を向かわせたのだった。

まずはポーシャという女の子の家を見つけ出すことが先決と思い、マリーヌは辺りに視線を走らせながら、建ち並ぶ家々の狭間の広い通りを進んで行った。路地の奥を覗いてみても見渡す限り、似たような粗末な家ばかりが立ち並び、どの家にも表札はなく、手掛かりになるものはなかった。そこで誰か人を見かけたら尋ねてみようと思ったが、真昼であるにもかかわらず、どこにも人の姿は見当たらず、辺りはひっそり静まり返っていた。

するとマリーヌは、ふとどこからか、微かに響いて来る物音に気づいた。耳を澄ませると、何かが擦れて軋《きし》むような音が、途切れ途切れに聞こえて来る。——それは、どうやら左手の路地を入った奥からのようだった。

その物音に誘われるかのように、マリーヌは歩調を速めて進んで行くと、やがて建物の狭間にわずかな敷地が現れ、木枠に囲まれた古井戸の傍らで、水を汲み上げている二人の男の子の姿を発見した。年頃は四歳ぐらいだろうか……粗末な衣服に身を包み、顔や体形がそっくりであることから、すぐに双子と見て取れた。

井戸の上部に古びた滑車が取り付けてある、それを梃子《てこ》に、二人は仲良く力を合わせて、先端に桶の吊るされた紐を引っ張り、水を汲み上げていた。聞こえて来たのは、その滑車の回る音だった。

「まあ、二人でお手伝いをしているのね。偉いわね」

マリーヌが歩み寄り、笑顔で話しかけた瞬間、子供たちの動作が固まった。たちまち二人は怯《おび》えた様子になり、すかさず紐から手を放し、携えて来たと思われる手桶をそのままにして、身を翻《ひるがえ》して駆け出した。途端に滑車が逆回転し始めて、すんでのところまで引き上げられていた桶が、水の重みで勢いよく落下していき、井戸の奥底からドボン！……と地響きを立てるのだった。

「お願いだから、待ってちょうだい！」

マリーヌは子供たちの後を追い始めた。二人はすぐ間近の路地に駆け込んだ。マリーヌもそこへ入った瞬間、いきなり一人の人物と鉢合わせになった。染みでくすんだ地味な前掛けを腰にぶら下げた、小柄な白髪の老婆だった。彼女はマリーヌをグッと睨み付けていた。しわくちゃの顔の中で、黒い目玉をギョロリとさせて……。その物凄い形相に、マリーヌは身の毛がよだつ思いがした。子供たちは老婆の背後に身を隠し、すっかり怯えきっていた。後ろ手に、子供たちを必死に守ろうとする彼女の様子が、ありありと感じられた。

「その子たちを驚かせてしまったようで、ごめんなさい。――私は、決して怪しい者ではありませんので、どうぞ、ご安心下さい」

と、マリーヌは澄んだ眼差しを向けながら言うが、老婆は警戒心を緩めることなく、

「あなたが外から来たお人であることはわかっておる。ここで一体、何をしてるのだ？」

「実は、人を訪ねてやって来たのですが、家がわからず困っていたのです」

「外に暮らすお人が、ここへ人を訪ねて来るとは珍しい。――一体、誰をお探しなのだ？」

「ポーシャという、十五歳くらいの女の子です」

そのマリーヌの言葉に、老婆の表情が幾分和らいで、

「ポーシャとは……コゼフ爺さんの孫のことを言っているのだな？」

「はい、彼女には確かに祖父がおります。きっと間違いないと思います。――知っているなら、教えてもらえないでしょうか？　大切な用事があるのです」

マリーヌは老婆の顔を真っ直ぐ見つめながら言った。

「――見たみたところ、どうやらあなたは良いお方のようだ。わざわざここへ足を運ぶくらいだから、よほど大事な用があるのだろう」

老婆の警戒心は次第に解けていった。

「ポーシャは、この私の孫たちをとても可愛がり面倒を見てくれる、親切で優しい子だ。その

彼女を訪ねてきたあなたは大切なお客様なので、喜んでお教えしよう」

そうして老婆はマリーヌに、彼女の家の道順を教えてくれたのだった。

「ご親切に、どうもありがとうございます」

マリーヌは老婆に向かってきちっと頭を下げた。

老婆の背後から、いつしか子供たちが顔を覗かせて、あどけない眼差しでマリーヌを見つめていた。

マリーヌは去り際、にこやかな顔で手を振ると、二人の顔からも笑みが零《こぼ》れて、彼女に向かって、手を振り返した。子供たちは本来の無邪気な姿に戻り、マリーヌは安堵《あんど》し、ほのぼのとした気分になっていた。


マリーヌは、目的地と思われる家の前までやって来た。そして引き戸を叩こうと拳を構えた時である。——何やら慌ただしい物音が聞こえ、今にも誰かが外へ飛び出て来そうな気配がした。いきなり顔を合わせて、相手を驚かせないために、マリーヌは、隣の家との隙間に移動して身を隠した。

間もなく一人の少女が姿を現し、空の手桶をぶら下げながら、目の前を走り過ぎて行った。

彼女は昨日出会った、あの、少女、に間違いなかった。

「ポーシャ……！」

マリーヌは路地に飛び出して叫んだ。

突然、背後から声をかけられ、ポーシャはハッと立ち止まり、ゆっくりと振り向いた。正面に立つ大きな鞄を肩に提げた乗馬服姿の女が、一体誰なのかすぐにはわからず、ただポカンと見つめていた。昨日のマリーヌは、鮮やかなマリンブルーのドレスに身を包んでいた。そして肩を覆っていたあの流れるような美しい髪は、今は後ろに束ねられ、胸には同一のペンダントが、艶《あで》やかに光り輝いていたが、その姿はまるで別人のようだった。マリーヌが白昼、ここにいること自体、想像し得ないことであり、気づかないのも不思議ではなかった。

「――私よ。昨日会ったマリーヌよ」

マリーヌはさりげなく微笑んで見せた。

その魅惑的な彼女の笑顔は、やはり健在であり、ポーシャは瞳を輝かせながら、

「マリーヌ様……！」

と、驚きと歓喜が入り混じった様子で、声を張り上げた。

「いきなり、このような姿で現れて……驚かせてしまったわね」

マリーヌの顔に、さらに笑顔が広がった。

ところが、ポーシャの表情は、みるみるうちに変化し――救いを求めるような眼差しで、マリーヌの方に歩み寄って来た、

「わたくしは今……誰よりもマリーヌ様にお会いしたいと思っていました！　神様にすがるよ

うな思いで、そう願っていました！　それが、天に通じたのでしょうか……！」

ポーシャの様子はひどく切迫していた。

マリーヌはおおよそ事情を察知して、

「――もしや、男の方の容体が思わしくないのでは……？」

「はい、その通りなのです。――お願いです。どうぞ、彼をお助け下さい」

「わかったわ。すぐに案内なさい」

ポーシャはマリーヌを戸口へ導くと、引き戸を開いて、

「安心なさい、ルーブル！　お医者様がきて下さったのよ」

その瞬間、マリーヌの眼に飛び込んできたのは、部屋の奥で仰向けに床にふせっている男の姿と、傍らに付き添っている少年の姿だった。

ルーブルは振り返り、

「えっ！　お医者様……？　そんな……嘘でしょう！」

まるで信じられないといった顔つきで、戸口に立つマリーヌを見つめながら言った。

しかしマリーヌは、そんなルーブルに目をくれることもなく、

「ポーシャ、早速、お邪魔させてもらうわ」

と、急いでブーツを玄関に脱ぎ捨て、部屋に上がり込んだ。遠目に見ただけでも、男の容体が非常に深刻であることを悟ったからだ。

男は布団の中で息苦しそうに喘《あえ》いでいた。赤く火照《ほて》った顔には玉粒のような脂汗が滲《にじ》み、意識は朦朧としていた。マリーヌは男の額にのせてあるタオルで、顔の汗を拭うと、額に手を触れて、

「ひどい高熱だわ！　――まさか、たった一晩で、これほど急変してしまうなんて……！」

マリーヌは表情を引き締めながら、ポーシャの方に振り返った。

「容体の異変に気づいたのは、いつ頃かしら？」

「昨日の夜遅くです。布団の中でとても苦しそうにしていて、その時すでに、かなりの高熱でした。――私たちにできるのは、せいぜい、こうして濡らしたタオルを何度も額に押し当てることぐらいで……一晩中、同じことを繰り返しましたが、一向に、熱が下がる気配がないのです」

「だけど、あなた方がしてくれていたことは賢明だったわ。もし、そうしてなければ、今頃、この方の命は危険に晒《さら》されていたことでしょう」

マリーヌは男の腕を取り、脈拍を診ながら言った。

「少しでもお役に立てたのですね。――マリーヌ様、この方は風邪でもこじらせてしまったのでしょうか？　山に行けば風邪によく効く薬草があるので、実は、おじいちゃんが、朝早くからそれを探しに出かけているのです」

「あいにくだけど、単なる風邪とは思えない。――とにかく原因が何なのかを探り出すことが

先決だわ」

マリーヌはそう言うと、男の耳元に顔を寄せながら、

「昨日会ったマリーヌだけど、覚えているかしら？」

「あ、ああ……」

彼女の問いかけに、男は荒い息遣いをしながら答えた。

マリーヌは男の反応を確認すると、

「もう一つ、訊かせてもらうけど……身体のどこかに、激しい痛みや、違和感を感じるところはないかしら？」

「——あ、足が……足が……ひどく傷むのだ」

男は喘ぐような口調で言った。

「足ね……。わかったわ」

マリーヌが答えた時、ポーシャは何か思い出したように、

「そう言えば……昨日、手当てをしているときに、右足の膝の辺りを特にひどく痛めている様子でした」

すかさずマリーヌが布団の下方を捲《まく》り上げると、二人は眼を見張った。男は右足をくの字に折り曲げ、膝に巻かれていた包帯は、すでにはちきれ、そこには、赤ん坊の頭ほどはある、大きな瘤《こぶ》ができていたのである。

「昨晩、こんなに大きな瘤は、ありませんでした！　まさか、たった一晩で、こんなに腫《は》れ上がってしまうなんて……！」

ポーシャは驚きを隠しきれない様子で言った。

「高熱の原因は、ここにありそうね」

マリーヌは表情を険しくさせながら言うと、瘤に手を触れながら、慎重に状況を探っていった。

そこへポーシャに代わり、井戸へ水を汲みに行っていたルーブルが戻って来て、男の膝の瘤を眼にするなり、

「――な、何で、この人……足にも顔があるのさ！」

ルーブルは目を丸くしながら、手桶を握り締め呆然と立ち尽くしていた。うっ血によりできた赤黒い痣《あざ》が、奇妙にも眼鼻口のように形作られ、その瘤が、何かを睨み付けているような人面そっくりに、彼の眼には映ったのである。

マリーヌは、折り曲げている男の足を摑み、ゆっくり真っ直ぐに伸ばそうと力を入れてみた。本来ありえない、骨が軋む異様な感覚が、彼女の手に伝わって来た。――その瞬間、男は激痛に顔を歪ませて、身を仰け反らせるようにして、絶叫を発したのだった。

マリーヌの表情が強ばって、

「骨が折れているばかりか、膝の関節が外れかけてしまってるわ！　――そのため炎症を起こし、このような大きな瘤となり、細菌が全身に回って、高熱を引き起こしてるんだわ！」

このまま放っておけば、男の命が危険に陥るばかりか、一命を取り止めたとしても、右足の膝下《ひざもと》は壊死し、切除もやむを得なくなると……そう悟ったマリーヌは、

「この外れかけた関節を一刻も早く、元に戻さないとならないわ。さもないと大変なことになってしまう！」

と言うと、すかさずポーシャとルーブルの方に振り返り、

「——そのためには、あなたたちの協力が必要なの」

「もちろん、私たちにできることなら何でもやります！」

と、ポーシャが気合いの籠《こも》った口調で言うと、続いて、依然手桶を握り締めたまま、立ち尽くしていたルーブルが、

「おいらだって一生懸命頑張るよ。だから、この人を何とかして上げてよ」

「あらかじめ言っておくけど、相当な荒療治になるわ。——どうか、それだけは覚悟してちょうだい」

マリーヌは真剣な眼差しを向けながら言うと、それに答えるように、二人はしかと肯《うなず》いた。

するとマリーヌは男が頭をのせていた枕を静かに取り去り、それを負傷している膝の裏側の、『ひかがみ』と呼ばれる部分に置いた。続いて鞄から注射器を取り出して、瘤の付け根辺りに何箇所も麻酔を打っていった。ルーブルは、初めて目にする、その皮膚に針を突き刺す光景に、たまらず顔を背けていた。しかしポーシャは姉らしく、決して顔を背けず、じっと目を凝らし

てマリーヌの動作を見つめていた。

　やがて注射を終えると、マリーヌは麻酔が回るのを待ちながら、再び患部に手を触れて、指先で内部の状況を探り始めた。その世界にはレントゲンの技術は、まだ存在せず、外れかけた関節をはめ込むには、指先の感覚だけが頼りだった。――つまり彼女は、それほどに優秀な医師だったのである。

「今からあなたの膝の関節をはめ込むわ。かなりの苦痛を伴うけど、歯を食いしばり、しっかり乗り切って頂だい」

「頼む……。やってくれ……！」

　男は覚悟を決めたように言った。

「それでは、早速始めるわ」

　マリーヌは掛け布団をすべて取り去ると、丸めたガーゼを男の口に押し込んだ。――そして再び、ポーシャとルーブルの方に振り返り、

「あなたたちは、この方の上半身が起き上がらぬよう、押さえ付けるようお願いするわ！　お互い向かい合って肩を組み、痛めている胸の辺りは避け、肩に乗り全体重を預けるのです！」

　と、力強い口調で言った。

　マリーヌに指示された通り、二人は頭を寄せ合い、身体を一つにして、男の肩の上に覆い被さった。マリーヌは、男の腿の上に逆向きの姿勢で馬乗りになって、男の両足をがっしり押さ

え付けると、両手で男の右脛《すね》をしっかり握り締め、折り曲げている膝を徐々に伸ばしながら、左右交互に捻《ねじ》って、関節をはめ込んでいこうとした。手に伝わってくる骨の擦れ合う感覚を頼りに……それは実に容易なことではなかった。

「うわぁっ－……！　うわぁっ－……！！」

大量のガーゼを口に詰め込まれながらも、男の唸り声が部屋中に響き渡った。途方もない激痛に悶え苦しみ、男の額からは止めどなく脂汗が溢れ出していた。麻酔は表層部分に多少効果があるぐらいで、とても足の芯まで効き目はなかった。もちろんマリーヌもそれは承知の上であり、苦痛が少しでも和らいでくれるなら、無いよりは、ましといった程度のものだった。

マリーヌは額から汗水を流し、奮闘し続けた。ポーシャとルーブルも両足を踏ん張って、必死に男の身体を押さえ付けていた。――だが、やはり身軽な子供二人の力では、到底及ぶものではなかった。男はかなり筋肉質な体格でもあり、ついに男の跳ね起きようとする瞬発力に耐え切れず、二人は、それぞれ左右に引き裂かれるように、弾き飛ばされてしまったのである。たちまちマリーヌの身体も前のめりに崩れ落ちて、床の上を一回転した。もう一息のところで、その荒療治は、やむなく中断となってしまうのだった。

マリーヌは、ポーシャとルーブルの様子が、たまらなく気になって、

「大丈夫！　あなたたち！」

と、声を張り上げながら辺りを見回してみるが、二人の姿は見当たらなかった。一体、どこ

に消えてしまったのか？　――その時、壁際に吊るされたカーテンが捲《まく》り上がって、中からポーシャが這い出てきて、

「私は平気です。だけど、ルーブルが玄関に……！」

ポーシャはカーテン越しにある布団のお蔭で、事なきを得たが、弾き飛ばされた瞬間、玄関に転げ落ちていく、ルーブルの姿を目にしていた。

マリーヌは急いで玄関に歩み寄った。そして今まさに立ち上がろうとしていたルーブルに、手を差し出して、

「さあ、この手につかまって！」と、手を引いて彼を立ち上がらせると、

「大丈夫……！　どこも怪我はない？」

と、心配そうに声をかけた。

するとルーブルは顔を俯《うつむ》けながら、しょんぼりとした様子になって、

「おいらは何ともないけど……だけど、このお医者様のフカフカの長い靴が、大怪我しちゃったみたいだ」

と、足元を指差しながら、済まなそうに言うのだった。

マリーヌのブーツが揃って横倒しになり、ペチャンコに潰れていた。それがクッションとなり、ルーブルも事なきを得たのである。

マリーヌは思わずクスリと微笑んで、

「そんなものは、そのうち自然と元に戻るから平気よ。ともかく二人に、怪我がなくてよかったわ」

散乱した布団の狭間で、男はグッタリなっていた。マリーヌは男の腕を取り、再び脈を診た。先ほどよりも鼓動が高まっていた。しかし、その荒療治をすぐにでも再開しないわけにはいかなかった。時間が経てば経つほど、膝は固まっていき、治療はより困難になるばかりか、男の命さえ危険に陥ってしまうからだ。迅速に事を運ぶためにも、何かよい方法がないかとマリーヌが思案し始めた、その時――玄関の戸の外で人の気配を感じた。

「随分、騒々しいようだが、何かあったのかい？」

「ポーシャ、どうしたの……？」

「おーい、ここを開けるぞ！」

と、次々に声が聞こえて来て、玄関の引き戸がわずかに開いて、三つの顔が縦に並び、心配そうな面持ちで中を覗き込んだ。年配の男と女。そしてポーシャと同じぐらいの年頃と思える少女だった。男の唸り声が近所にも響き渡り、隣人たちが何事かと駆け付けて来たのである。

「これだけの頭数が揃えば心強いわ。――ポーシャ、皆さんにも協力をお願いするのです！」

と、マリーヌの決断は早かった。

「わかりました！」

ポーシャは元気に答えると、玄関に歩み寄り、皆に事情を説明した。

「そんなことならお安いごようさ」

と、すっかり頭の禿げ上がった男が威勢よく言うと、やつれた顔をした女が、

「もちろん喜んで力になるよ」

そして繊細な体つきをした、色白の少女が、

「私で役に立つなら、お手伝いするわ」

皆は、すぐに納得して、快く引き受けてくれたのだった。

そして再び、荒療治が始まることになった。ポーシャとルーブルに代わり、今度は大人二人が、男の肩に覆い被さり、身体を押さえ付けた。大人であれば体重の差は歴然であり、その上、ポーシャとルーブル、そして少女の三人までもが加勢に入れば、男もさすがに身動きがとれなくなっていた。マリーヌは先ほど同様、男の膝の関節をはめ込もうと奮闘した。再び男の叫び声が、部屋中に響き渡っても、

「この方が、どんなに喘ぎ苦しもうが、決して手を緩めてはなりません！　それがこの方のためなのです！」

マリーヌは力強い声で、皆にはっぱをかけた。男を押さえ付ける皆の動作にも力がこもった。

ポーシャは、男の手の平を両手でしっかり握りしめ、激痛と戦う彼の顔をしかと見つめながら、

「辛く苦しいときは、夜空に広がる銀河を思い出すのです。――あの光り輝く、たくさんの美しい星々を心に思い描くのです……」

と、男の耳元で語りかけた。

そのポーシャの言葉に、一瞬男の絶叫が静まって、苦しみの表情が和らいだ、その時——部屋中に、〝ゴキッ！〟という鈍い音が響き渡った。それと同時に、男の身体はピクリとも動かなくなった。マリーヌ以外の誰もが眼を丸くしながら、男の顔を覗き込んでいた。男が事切れてしまったのではないかと思ったのである。

マリーヌは額の汗を手の甲で拭《ぬぐ》いながら、ほっと息を吐くと、

「これで膝の関節は無事におさまったわ。やがて熱も下がり、瘤も次第に消えていくでしょう。この方は、ただ気を失っているだけなので心配いりません。後は気長に回復を待ちましょう。——みなさんも、どうもお疲れ様でした」

マリーヌの労《ねぎら》いの言葉に、皆、安堵の胸を撫で下ろしていた。


マリーヌは、患部に添え木をするなど、適切な処置を施した後、カーテンの向こう側に男の床を移した。その後、皆で卓袱台を囲み、白湯を啜りながら、団欒のひと時を過ごすことになったのである。男の治療を無事終えたことを嬉しく思い、皆の表情は充実感に満ち溢れていた。

この部落に初めて訪ねて来てくれた医師のマリーヌを皆、心から歓迎してくれた。そして彼女は、この部落のさまざまな実情を知ることとなったのである。困窮の最中にありながら、過酷な税を課せられ、その上、十六から六十歳の大人たちに強いられる労役の話については、や

はり彼女も、男と同様、心を痛めるばかりだった。

「晩秋から冬の期間にかけて行われる、その労役では、一体、どのような労働に従事されるのでしょうか？」

マリーヌがふと尋ねてみると、年配の男が口を開いて、

「男たちは、一切、日の差し込まぬ、凍えるような寒さの炭鉱で、昼夜問わず過酷な労働を強いられ、女たちは牢獄のような部屋に詰め込まれ、ひたすら機織《はたおり》の作業に、いそしまなくてはならないのだ」

彼はポーシャの家の隣に暮らし、バロンという名だった。

マリーヌの心に、たちまち、やるせなさが押し寄せてきて、

「まあ、それは、何てお気の毒な……ですが、なぜ……罪もなき、あなた方に、毎年そのようなことが、強いられなくてはならないのでしょうか？」

男が感じたように、当然ながらマリーヌも、納得がいくはずもなかった。

そしてバロンの口から返ってきた答えは、

「――それが、この部落で生まれ育った、私どもの宿命とでも申しておこう……どうか、深くはお尋ねにならないで頂きたい」

と、そこで口を噤《つぐ》むのだった。何か語りたくない事情があるのは明らかであり、そんな彼の気持ちを察すれば、マリーヌは、それ以上の詮索はできなかった。

するど表情に暗い影を漂わせながら、女が口を開いて、

「あたしたち二人は、昨年で六十になり、ようやくその務めを終えましたが、しかし来年から、ここにいる二人の少女たちに、いよいよその役目が回ってくるのです。——そこで、何より気掛かりなのは……」

と、彼女は隣に座っている、少女のか細い肩に手を触れると、

「この子は私の孫で、アンヌといいまして……実は、生まれながらにして、大変体の弱い子なのです。——果たしてこの子が、来る日も来る日も、冷たく固い床に長時間座らせられての辛い労働に耐えられるのか、それを思うと、不憫《ふびん》でならないのですよ」

肩を落としながら言う、女のやつれた顔には、さらに皺が増えていた。彼女は、路地を隔てたポーシャの家の向かいに暮らし、名はジェーシャといった。

「安心して、ジェーシャおばあさん。アンヌの傍には、いつも私がついてるわ」

と、彼女を勇気づけるように、ポーシャが言った。

「ポーシャが、いっしょなら大丈夫。どんなに辛いことでも耐えてみせるわ」

アンヌは色白の表情に精一杯の笑みを浮かべて見せた。しかし、それはとても弱々しいものだった。

「アンヌの体調が優れないときは、その分、この私が頑張るわ。——だって私たちは小さい頃から、いっしょに育ってきた、姉妹も同然の間柄よ。助け合うのが当然だわ」

ポーシャの頼もしい言葉に、ジェーシャは感極まって、

「いつも、いつも……アンヌのことを気づかってくれてすまないね。――それにしてもポーシャは、何て優しい子なのかねえ……」

と、湧き上がる涙を抑えようと、目頭に指先を押し当てながら言った。

ジェーシャがアンヌの身を案じるには、さらに大きな理由があった。アンヌの母親も病弱であったことから、実は彼女が生まれて間もなくして、労役の最中に倒れ、そのまま帰らぬ人となってしまったのである。ジェーシャは、アンヌがその二の舞になることを何より恐れていたのだった。

現在、アンヌの父親も労役中であり、祖母のジェーシャと二人で暮らしているが、去年までは、そのジェーシャも労役に赴いていたために、その期間は、とうの昔に労役を終えたコゼフが、アンヌを預かり、ポーシャとルーブルと共に、彼女も自らの孫のように、手厚く面倒を見ていたのだった。そのためポーシャとアンヌは、心が通じ合える、姉妹も同然のような間柄になっていたのである。

そのような関係は、その両家に限ったことではなかった。働き手の大人たちが労役に駆り立てられてしまえば、世話を必要とする幼い子や、年老いた者たちが取り残されてしまう家庭が、あちこちに存在するのは言うまでもなく、そういった人々は、部落に残っている健康な大人たちや、年長の子供たちで、協力し助け合い、面倒を見ていたのだった。いわばこの村落に暮ら

す、すべての人々が一つの大家族であり、血のつながりが、あろうとなかろうと、そんなことは一切関係なかった。その風潮は遠い昔からずっと続くもので、よってこの部落の人々の心の絆は、計り知れぬほど厚いものだったのである。

「今日の気分は、どうかしら？」

マリーヌがふと、卓袱台越しにいるアンヌに問いかけた。

「——朝は少し目眩《めまい》がしたけど……今は、大丈夫。何ともないわ」

アンヌは素っ気ない様子で言った。感情の表現が上手くできないのも、病のせいなのだろうと、マリーヌは思った。

「その目眩は、朝によく起こるものなのかしら？」

マリーヌがさらに問診を続けると、今度はジェーシャが口を開いて、

「特に目覚めたばかりが、思わしくないようで……急に立ち上がったり、激しく身体を動かすと、突然、倒れて、そのまま意識を失ってしまうことさえあるのです」

「なるほど、わかったわ」と、マリーヌは肯くと、アンヌの傍らへ移動して、

「ちょっと失礼させてもらうわね」

と、彼女の腕を取り脈拍を診た。そして両目を指先で開き、中を覗き込むと、続いて喉元《のどもと》のリンパに指を押し当てていった。

「どうやら重い貧血症が疑われるわ。——ともかく今後、私がここを訪れ、彼女を診て差し上

げましょう。もちろん見合った薬も、見繕って差し上げるので、そうすれば彼女の病は、きっとよくなるわ」

その予期もせぬマリーヌの言葉に、皆、驚きの表情を浮かべた。

するとバロンが、改まった様子で、

「お医者様のお気持ちは、大変有難く思うが……すでにおわかりのように、その診て頂ける費用や、高価な薬の代金など、とても私どもに賄《まかな》えるものではない」

「――バロンの言う通り……日々の食事にすら、事欠いている私どもには、とても……」

と、ジェーシャは、ため息をついた。

「そんなことなら、心配はご無用よ。皆さんの事情は、よくわかったので、そのようなものを頂こうとは、毛頭考えてないわ。そして彼女ばかりでなく、病に苦しむ他の皆さんにも、同様、それでお役に立てるなら……それだけで私は満足だわ」

と言うマリーヌの表情は、すこぶる真剣だった。

もはや皆、言葉さえなく、ただ呆然とマリーヌの顔を見つめるばかりになっていた。

そんな皆の和から外れ、ルーブルが玄関の傍らで、すやすやと眠っていた。身体の上には毛布が掛けられていた。年端もいかないながら、彼も夜通し男の看病に尽していたのだから、気が緩んだ途端、一気に眠気が襲ってくるのも無理はなかった。

その時だった。玄関の方で引き戸の軋《きし》む音がした。出かけているコゼフが帰って来たものかと、皆の視線が一斉に、そちらの方へ向けられた。そして勢いよく引き戸が開いて——しかし戸口の前に姿を現したのは、コゼフではなく、紋章の付いたダークグレーの平たい帽子と、同じ色の制服に身を包んだ男だった。先の尖った口ひげを蓄えた浅黒い顔。上背のある頑強な体つき。腰に巻かれた太いベルトには、白銀のサーベルと、先端に皮紐を巻き付けた警棒が突き刺さっていた。それは何とも威圧的な容姿であり、彼はこの地域を担当する役人で、警備官と呼ばれる人物だった。

男は挨拶さえすることなく、無骨な振る舞いで、玄関に並ぶ皆の靴を払いのけるように、ズカズカと中へ入って来た。

「コゼフという老人は、この家の者だな！」

男の太い声が、部屋中に響き渡った。

その声に目覚めてしまったルーブルは、目の前に立つ、その男のいかつい容姿を眼にした途端、眠気も一気に吹き飛んで、縮こまった。——そして毛布を背にしたまま、夢中で這いつくばり、卓袱台の周りに群がる皆の陰に身を隠した。

「——確かにコゼフは、この家の主ですが……お役人様、彼に一体、どのような用件がありでしょうか？」

バロンが張り詰めた顔で訊いた。

これまで役人が直接、家に人を訪ねてくることなど、滅多にあることではなく、それだけにマリーヌ以外の誰もが、不吉な予感がして、緊張した面持ちになっていた。

「知事を務めるアンドレオール伯爵様の敷地に、無断で立ち入っていたところ、先ほど我々が現行犯で捕らえた」

「そんな、まさか……！」

と、ポーシャは蒼ざめた顔で言うと、すかさず役人の前に歩み寄り、きちっと正座して、しかと彼の顔を見つめながら、

「おじいちゃんは今朝、〝紅の山〟に出かけて行ったのです。決して、そのようなことなどするはずございません」

そしてジェーシャも、すぐにポーシャの隣に身体を並べて、同様の姿勢で、

「そうですよ、お役人様……。きっと何かのお間違いです。どうぞ、もう一度、よくお調べになって下さい」

「えーい、黙れ！」と、役人は二人に向かって一喝すると、

「その〝紅の山〟は、つい先日より、伯爵様の所有されるものとなったのだ」

「それは、本当なのですか……！」と、バロンは驚いて、

「〝紅の山〟は、食料に難儀してる、私どもにとって、かけがえのない山。――普段から大勢の者が、山菜や茸などを取りに、よく足を運んでおります。それが、まさか伯爵様の敷地になっていたとは、私どもには、知る由もございませんでした」

「入口には、それを告げる立て看板が備え付けてあったのだ。老人は不届きにも、それを無視して立ち入ったのだ」

「ここに暮らす者たちが皆、読み書きができないのは、お役人様もご存知のはず。――彼は、きっとわからず立ち入ってしまったのです。どうか、それをわかって頂けないものでしょうか」

ジェーシャが懇願しても、役人は顔を横に背けて、

「ふん、そんなことなど、我々の知ったことか……！」

と、理不尽な言葉を返すだけだった。

すると彼の向いた視線のちょうど先に、マリーヌがいて、役人は彼女の存在に気づくと、たちまち眉間を強ばらせ、訝しげな顔つきになって、

「うむ……そこの女。おまえ、この部落の者ではないな。ここで、一体、何をしている？」

先で触れたように、マリーヌのような若い女性は、現在ここに存在するはずもなく――しかも乗馬服に身を包み、ペンダントや指輪などの貴金属を身に付けていれば、彼女が外からやって来た人物であることは、一目瞭然だった。

「いかにも私は、ここの住人ではないわ。友を訪ねてやってきた。――ただ、それだけのことよ」

マリーヌは素っ気なく言った。

「ここに暮らす者たちが、友だと……おまえ、よほどの変わり者か、それとも頭でも、どうかしてるのではないか……？」

その役人の発言は、マリーヌばかりか、ここにいる皆に対しての侮辱そのものだったが、しかしマリーヌは平静を装って、

「そう思うなら……それで結構よ」

と、落ち着き払った口調で言った。このような状況の中、下手に事を荒立たせるわけにもいかないと思ったからである。

役人も、それ以上、マリーヌの相手をするのを止め、——おもむろに向き直ると、

「——ともかく老人の裁きは、近日中にでも下される。おまえらが犯した罪だけに、決して刑は軽くはない。しかも伯爵様への侵害となれば尚更だ。——まあ、覚悟しておくことだな」

と、冷ややかな口調で言いのけ、不敵な笑みさえ浮かべて、踵《きびす》を返して立ち去って行くのだった。

「お待ち下さい！」

すかさずポーシャは立ち上がり、役人を追いかけようとした。

「やめるんだ、ポーシャ！」

「どうか、今は辛抱なさい！」

バロンとジェーシャが、両脇からポーシャの身体を抑えた。

「お、おじいちゃん……」

ポーシャの眼には一気に涙が込み上げて来たが、それをサッと手の甲で拭い去ると、

「私、今すぐ警備局に行って来るわ！　おじいちゃんを解放してもらえるように、一生懸命お願いしてみるわ！」

ポーシャは、バロンとジェーシャの手を振り払おうとした。しかし二人の手に一層力がこもって、

「落ち着くんだ！　そんなことをしたら、今度は、おまえが捕えられてしまうかもしれないのだぞ」

「そうなれば、おじいちゃんを悲しませるばかりだよ。とにかく今は、冷静になることが大事だよ」

二人は懸命にポーシャを説得するが、

「このままおじいちゃんを放っておけない。お願いだから、私を行かせて……！」

溢れ出した涙で頬を濡らしながら、ポーシャは懸命に懇願するのだった。

「お姉ちゃんが行くなら、おいらも、いっしょに行くよ」

「もちろん、私だって……！」

ポーシャの意気込みは、すっかりループルやアンヌにも乗り移っていた。

するとバロンが口を開いて、

「――警備局へは、私が行こう！」

と、覚悟を決めたように言うのだった。

「そうだね……こんな時は、あたしら大人たちが、何とかしないといけないね。――ではバロン、今すぐ二人で警備局へ赴いて、誠心誠意、お願いしてみるとしようかね」

と、ジェーシャが決意を固めた様子で言った。――しかし、現実はそう甘いものではなかった。実は、この部落に暮らす者たちが、警備局に直接願い出ることも、彼らにとって禁じられている行動の一つであり……それは、もちろん二人も承知の上のことだった。

「いや……」と、バロンは静かに頭を横に振ると、

「ここは、この私ひとりで十分だ。――ジェーシャには、孫娘のアンヌがいることを忘れてはならない」

「バロン……」

バロンを見つめるジェーシャの眼は虚ろだった。

現在、家族がなく一人身のバロン。一方、ジェーシャは病弱な孫のアンヌを抱えている身であり、もし捕えられるようなことになれば、アンヌに、より一層、不憫《ふびん》な思いをさせてしまうことは余儀なかった。それを気遣い、一人で警備局に赴《おもむ》くことを決意した、そんな彼の意図が、ジェーシャにも、はっきり読み取れたのである。

知事を務めるアンドレオール伯爵とは、この部落はもちろん、この地方すべてを管轄する最大権力者として、知られる人物だった。もちろん高位のアイズカラーを所持していることは言うまでもなく、そのアイズカラーによって、身分統制が確固とした世界である。しかも身分の

隔たりは、犯した罪の裁きにも影響するものであり、すなわちアイズカラーを持たない、最もか弱き立場にある彼らが、高位の者に対し、たとえわずかな罪を犯しても、重大な裁きが下されてしまう、そんな惨《むご》い実情だったのだ。

マリーヌは表情を険しくさせながら、無言のまま、彼らの話を聞いていた。彼らに対する、役人の冷酷無情ともいえる態度には、極めて腹立たしさを覚えたが、それよりも先ほどの役人の対応からして、ここに暮らす人々がいかに、か弱き存在にあるか、マリーヌはまざまざと痛感していた。そして警備局に訴え出ることが、彼らにとって、命がけの行為であることも、はっきり理解したのである。

するとマリーヌは、何やら決意したように、

「――警備局へは、私が行きましょう。ポーシャのおじいさまを解放してもらうように、私からお願いしてみるわ」

その彼女の言葉に、またしても皆は驚くばかりであり、

「私どもの大切なお客様である、お医者様に……まさか、そのようなことまでして頂くわけにはいかない！」

と、バロンがきっぱりと言った。

「いいえ、構いません。是非、私にそうさせて下さい」

と、マリーヌは懇願するように言うのだった。

決して彼らに同情して言っているわけではなかった。アンドレオール伯爵という人物が、マリーヌの実の父親であるという、紛れもない真実。――それが彼女の心を一層苦しめ、彼女自身、責任を感じて、そう決意したのである。

「お医者様は、なぜ……そこまで、あたしどものために尽して下さるのでしょうか?」

ジェーシャが不思議そうに訊いた。

「これが私の性分とでも……言っておきましょう」

と、マリーヌはさりげなく言った。そして潤んだ瞳のまま、呆然と彼女を見つめる、ポーシャの方に振り返り、

「おじいちゃんは、今日中に必ず戻って来るわ。どうか、この私の言葉を信じて、待っていてちょうだい。――そして近いうちに、私は再びここを訪れ、先ほどの約束も必ず守るので……安心なさい」

と、しかと彼女の顔を見つめながら言うと、最後に穏やかな笑みを浮かべて見せて、速やかに、そこを後にするのだった。

辺りはすっかり夜になり、壮大な銀河の星々が、美しく夜空を埋め尽くしていた。

バロン、ジェーシャ、そしてアンヌも、去り際に残したマリーヌの言葉を信じて、ポーシャの家で、いっしょにコゼフの帰りを待ち続けていてくれた。

ルーブルが玄関の引き戸から顔を覗かせて、コゼフが帰ってくるのを今か今かと待ち続けているると、やがて降りそそぐ銀河の光に包まれて、路地の曲がり角から一人の人物が姿を現した。その容姿や歩き方から、それがまさしくコゼフであると気づいたルーブルは、

「おじいちゃんだ！　おじいちゃんが、帰って来たよ！」

と、振り返り皆に告げると、すかさず勢いよく外へ飛び出していった。

暫くして、ルーブルに手を引かれ、コゼフが玄関に入って来ると、

「おじいちゃん、お帰りなさい」

と、ポーシャが、温かくコゼフを出迎えた。

「すっかり帰りが遅くなって済まなかった。――みんながお集まりとは、どうやら、ひどく心配させてしまったようだな」

コゼフは部屋の中を見回すようにして言った。

「役人が昼間ここを訪れ、捕らえられたという話を聞かされた時は、まったく肝を冷やしたが――無事に帰って来てくれてよかった」

卓袱台越しから、バロンが言うと、彼の左側にいるジェーシャが、

「さあ、上がって、ゆっくり寛《くつろ》ぐことだよ。怪我をしてるようだけど、元気でいてくれたことが何よりさ」

と、労いの言葉をかけた。

コゼフの頬は赤紫色に腫れ上がり、衣服は汚れ、ところどころ破れていたが、こうして、コゼフが元気な姿で戻って来てくれて、皆、ほっと一安心といったところだった。

コゼフがテーブルの前に腰を下ろすと、

「おじいちゃん、まずは、これでも飲みなよ」

と、ルーブルがコゼフの前に、白湯の注いだ湯呑み茶碗を差し出した。

「おお、これは、ありがたい。ちょうど喉が渇いていたところだ。——やはり、何と言っても、我が家が一番だな」

コゼフは感慨に満ち溢れたように言った。そして湯呑茶碗に口を運んで、一息吐くと……ポーシャの方に振り返り、

「——その後……男の方の具合は、どうしたものかな？」

と、不安そうな面持ちで訊いた。

「それならば安心して……。今では、すっかり落ち着いて、カーテンの向こう側の床で、ぐっすり眠ってるわ」

「そうか……それは、よかった」

コゼフの顔が安堵の笑みに包まれた。

「ところで、おじいちゃん、その顔の怪我はどうしたの？　それに、上着も破れてるけど……一体、何があったのかしら？」

と、ポーシャが心配そうに訊くと、コゼフは平静を装うように、

「別に、たいしたことはない。暗い夜道で、ちと、つまずいてしまってな」

「まあ、そう。――とにかく大事にならなくてよかったわ」

ポーシャは、いま一つ納得がいかなかったが――すぐに改まった様子で、

「ともかく、私がお薬を塗ってあげるわ。それに着替えの用意もするわね」

ポーシャはすかさず腰を上げて、準備に取り掛かった。

マリーヌから授かった膏薬が、たっぷりあったので、ポーシャは、それを腫れ上がったコゼフの頬に丁寧に塗っていった。そして着替えをさせようと、上着を脱がせようとした時だった。

コゼフは苦痛に、ひどく顔を歪ませて、絶叫を発したのである。

ポーシャは驚きのあまり、身動きできなくなってしまった、次の瞬間――ジェーシャが、

「無理に脱がせてはいけないよ！　鋏《はさみ》で切り裂いて、静かに取り去るんだ！」

と、声を張り上げた。

ポーシャが裁縫箱から鋏を取り出すと、ジェーシャはそれを奪い取るようにして、手にすると、

「ここは裁縫に手慣れた、あたしに任せなさい」

と、上着の縫い目に沿って、器用に鋏を走らせていった。コゼフの身体に極力負担をかけないようにするばかりか、後々の修繕のことも考えた、実に手際のよいやり方だった。上着は難なく取り去られ、そして内側の衣服も同様に切り裂いていき――やがてコゼフの上半身の肌が

現れた瞬間、皆は眼を見張った。背中や腕、脇腹など、あちこちに夥《おびただ》しい筋状の線が走り、赤紫色に腫れ上がっていたのである。出血した部分が、ところどころ化膿し始めてもいた。コゼフが役人たちから、容赦ない鞭打ちを浴びせられていたことは明らかだった。

「――まさか、これほどひどい目にあったとは……！」

ポーシャは驚きのあまり、言葉を詰まらせた。顔の怪我も、役人たちの仕打ちであることは、容易に想像がついた。

「やはり、こんなことじゃないかと、思ったよ……」

と、ジェーシャが耐え難い様子で言うと、バロンが怒りを露わにするように、

「無抵抗な年寄りに、ここまでするとは、あんまりだ！　役人たちには、ほんと血も涙もないのか！」

「なあに……ここに帰れたことを思えば、こんなものなど、どうってことない」

コゼフは、皆の気を静めるためにも、平然たる様子で言った。

やがて手当ても済んで、真新しい衣服に着替えたところで、

「――牢獄へ閉じ込められた時は、もう二度とここへは帰れまいと、覚悟を決めたくらいだ。それが、どういう風の吹き回しか……突然、役人たちは、このわしを解放してくれたのだ。――今思えば、まったく不思議でならない」

と、コゼフが顧みるように言った。

するとポーシャは、これまでの経緯をすべてコゼフに打ち明けたのだった。本日マリーヌが、ここを訪れ、男の治療を行なってくれたばかりか、今後、アンヌを初め、病気に苦しむ人たちのために、診察や治療をしてくれる約束をしてくれたことも――そして、その彼女が警備局に赴き、コゼフを解放してもらえるよう願い出てくれたことも……。

「――まさか、あのお医者様が、それほど大層な親切を授けて下さるとは……夢にも思わなかった」

コゼフは驚くばかりか、深い感銘を受けていた。

「それにしても、彼女はなぜ……これほどまでに、あたしどものために尽して下さるのかねえ？

――本当に、ただのお医者なのだろうか……？」

ジェーシャが思案するように言うと、バロンが腕を組み合わせて、声を唸《うな》らせながら、

「あの警備局の役人たちでさえ、すんなり願いを聞き入れてしまうくらいだ。どうやら尋常なお方でないことは、確かなようだ」

と、その時――両膝を抱え込むようにして、しゃがみ込んでいたルーブルが、何か閃いたように、

「あのお医者様は……神様の使いなのさ！　おいらはそう信じるよ！」

実に子供らしい彼の発言だったが――しかしアンヌも共感するように、

「私も、そう思うわ。おばあちゃんが、私の病気がよくなるように、毎日祈り続けてくれたか

ら、きっと、その願いを聞き届けてくれたんだわ！　――ねえ、ポーシャも、そう思わないかしら？」

と、振り返り、ポーシャを見つめる彼女の瞳は、心の奥に秘めた感情を露わにするように、眩《まぶ》しく光り輝いていた。いまだかつて見せたことがない、そんなアンヌの凛々しい姿に、ポーシャは圧倒されるように、

「そうね……。もしかしたらマリーヌ様は、お医者様に姿を変えた、神様の使いなのかもしれないわね」

「おまえたちが、そう信じるなら……そうかもしれんな」

コゼフが、にこやかな笑みを浮かべながら言った。孫たちの夢や希望に溢れる思いを壊してしまわないようにと……そんな彼なりの配慮だったが――。

「――困ってるみんなを救おうと、ついに神様の使いが、この部落にやって来てくれたんだ！

――わーい！　やった、やった、やったー……！」

と、土間に駆け下りて、大はしゃぎし始めるルーブルだった。――それは皆の眼に、とても印象的に映っていた。

三

マリーヌは小さな女の子の診察を終えると、

「ただの風邪なので、さほど心配ないわ。暖かく安静にしていれば、次第に熱も下がり快方に向かうでしょう。――ともかく、帰ったら、すぐにこの薬を飲ませてお上げなさい」

と、彼女を連れてやってきた、白髪の老人に包みを手渡しながら言った。

「わかりました」と、老人は大きく肯くと、

「この部落の人々のために、尽くして下さる先生には、大変感謝しております。部落の代表として、こうして心からお礼申し上げます」

と、マリーヌに向かって深く頭を下げると、女の子に上着を羽織らせて、そして彼女を大切に抱き抱えながら、戸口の方に向かって歩き始めた。

そこには、すでにポーシャが待機していて、

「くれぐれもルミネをお大事にして下さい」

「ありがとう、ポーシャ……」

老人は立ち止まり、彼女を見つめながら、にこりと微笑んだ。

「ルミネ、元気になったら、また、お姉ちゃんといっしょに遊ぼうね」

と、ポーシャは少女に向かって笑顔で言うと、彼女は虚ろな眼差しながらも、精一杯に微笑んで見せた。

「いつも、ルミネの面倒を見てくれてすまないね。――ではポーシャ、マリーヌ先生のお手伝

いの方をよろしく頼みましたよ」

「はい、任せて下さい！」

ポーシャは頼もしく答えると、部屋を出て行く二人を玄関まで見送った。

老人の名はジオン。彼はこの部落の代表を務める人物で、〝部落頭〟と呼ばれていた。そして、そのルミネという女の子は、彼の孫娘だった。ポーシャとジオンは、すっかり顔馴染みであり――というのも、ポーシャは小さな子供を可愛がり面倒を見て上げることが大好きで、普段からルミネにもそうして上げていたのである。そんな彼女の快活で優しさに溢れた性格は、子供たちばかりでなく、大人の感心さえ引き付け、ポーシャはこの部落の誰からも愛されている、評判高き少女だった。

そこは部落の真ん中に位置する、集会所と呼ばれる建物で、古い木造建築であるが、この部落では最も立派な造りだった。普段は、寄り合いなど、さまざまな行事に使用され、部落の中枢の役割を担っていた。マリーヌはその一室を使って、部落の人々の診察を行っていたのである。以来、半月が過ぎて――今では彼女は、皆から〝マリーヌ先生〟と、呼ばれ、親しまれるようになっていた。

ポーシャは引き戸を開いて、待合室となっている隣の小部屋を確認すると、もうそこに人の姿はなく、

「今日の診察は、これでおしまいのようです」

「ではポーシャ……続いて往診に出向きましょう」

マリーヌが聴診器など、さまざまな医療器具を鞄に詰め込みながら言った、その時――突然、玄関の方で引き戸の開く音がして、

「――お待ち下さい！　今、どなたかが見えたようです」

ポーシャが部屋を出てみると、廊下の左端にある玄関に、両脇に挟んだ松葉杖を突きながら、一人の男が痛々しげな姿で立っていた。

「まあ、ヨハン……！　無理をしちゃだめじゃないの！」

ポーシャが眼を丸くしながら言った。

「もう、こうして歩けるのだから、そう案ずることもない」

男は微笑みながら言った。

彼は、馬車から突き落とされた衝撃で、意識を失い路上に倒れていた、あの男だった。怪我の方は次第に回復していったが、記憶やアイズカラーの方は、依然戻ることはなく、今でもポーシャの家で療養しながら、世話になり続けていた。いまだ自分がどこの誰かもわからず、そこで衣服に書かれていた〝ヨハン〟という名を自らの名と信じ、現在、皆からも、そう呼ばれていたのだった。

ヨハンが松葉杖を突いて、診察室に入ってくると、マリーヌも、やや驚き、

「あら、これからあなたのところへも出向くつもりでいたのに、あなたの方から、ここを訪ね

て来てくれるとは、ご苦労だわ」

「このようにちゃんと歩けるのだから――そう、いつまでも甘えてばかりもいられない」

「ようやく骨も付き始めて、正直、無理をしてもらいたくないところだけど……あなたの気持ちもわからなくはないわ」と、マリーヌは、肩を竦《すく》めて見せると、

「――ともかく、この上で横になりなさい」

と、寝台の方に手を差し出しながら言った。

マリーヌの診察ばかりか、ポーシャの一家の手厚い介護のお蔭で、ヨハンの怪我は、日々、順調に回復していき、今では松葉杖を突きながら動き回れるほどになっていた。ちなみにその松葉杖は、コゼフがこさえてくれたものであり……彼は一家に温かく見守られ、すっかり家族の一員となり、この部落で平穏な日々を過ごしていたのである。

普段は街中の病院に勤務しているマリーヌだったが、その勤務を終えた後や、また貴重な休日をすべて返上し、頻繁にここを訪れ、医療活動を行っていたのである。本日も夜勤明けの休日にもかかわらず、勤務先の病院からここへ直行し、睡眠時間さえ惜しんで、尽力を捧げているのだ。もちろんポーシャも、そんな彼女の苦労をわかっているだけに、極力役立てるようにと、その手伝いに、精進していた。――それが、ポーシャにとって、さまざまな医療の知識を身に付ける、きっかけとなり、彼女自身、とても遣り甲斐を感じていたことも、また事実だった。

やがてヨハンの診察が終わり、見送りに玄関へやってきたポーシャが、

「これから私、マリーヌ先生のお供で部落の家々を回るので、今晩は帰りが遅くなるわ。晩御飯の仕度はルーブルに頼んであるけど……まだ、あの子、野菜粥の作り方に手馴れてないので、出来栄えの方は勘弁してね」

「この私が、そのようなことで、わがままなど言えた立場ではない。——そう言えば、その野菜粥を一度、自らの手でこさえてみたいと思っていたところだ。今晩ばかりは、ルーブルに手ほどきを受けながら、私もいっしょにやってみようではないか」

「まあ、ヨハンとルーブル合作の野菜粥なんて……とても楽しみだわ」

ポーシャの顔が、爽やかな笑みに包まれた。

初めて食した時は、ひどく感じられた野菜粥の味も、普段食べ続けているうちに、今では彼自らがそれを作ってみたくなるほど、すっかり美味に感じられるようになっていたのである。

するとポーシャは、突然改まり、

「ヨハン、あなたに一つ、お願いがあるの」

「もちろんポーシャの願いなら、何でも喜んでするが——さて、一体、何かな……？」

「是非、この私に、読み書きを教えてもらえないかしら？」

「そんなことなら、お安いご用さ。——早速、今晩からでも構わないさ」

「よかったわ！」

ポーシャの顔が、再び笑みに包まれた。

ポーシャはマリーヌから、傷病人を介抱して上げる〝看護師〟という職業があることを聞かされて、憧れを抱いた。そこで、その技量を身に付けたいと思ったのである。しかし、そのためには書物などを通じて多くの医療の知識を得なければならず、もちろん読み書きできる能力を身に付けることが必要不可欠であり、それを学ぼうと決意したのだった。

「さて……私は、そろそろ行くとしよう」

ヨハンは、ゆっくり背を向けた。

ポーシャが玄関の引き戸を開けると、ふと空を見上げながら、

「――何やら怪しげな雲行きだわ。どうやら一雨きそうな感じね……」

と、不安そうな面持ちで言った。

午後も、すでに昼下がりを回った頃の時間帯だった。いつしか空一面が、どんよりとした灰色の雲に覆われ、先ほどまで顔を覗かせていた太陽も、すっかり姿を隠して、今にも激しく泣き出しそうな気配になっていた。

「雨が降り出さぬうちに、急いで帰らねば……。では、失礼する」

ヨハンは松葉杖を突いて、外へ踏み出した。

そこからポーシャの家までは、さほど遠くなかった。傷ついた彼の足でも、十分ほどで辿り着ける距離だった。

ポーシャは、去って行くヨハンの後ろ姿を玄関から静かに見守り続けていた。――その時、

彼女自身にもわからない、心のどよめきが……この感覚は、一体何だろうか……？　今にも、何か不吉な事が起こりそうな、胸騒ぎを覚えたのである。

やがて遠くから響いて来る、微《かす》かな音をポーシャは感じ取った。蹄《ひづめ》を轟かせる数頭の馬。それに混じって車輪の軋む音も。——それらは次第に大きくなっていき、着々とこちらに迫って来ていることは明らかだった。胸騒ぎの正体は、まさしくそれであり……複数の役人たちが、今まさに、ここへ押しかけて来ていることをポーシャは悟ったのである。

その瞬間、ポーシャはハッとして、

「ヨハン！　すぐに戻って！」

と、叫びながら建物を飛び出して、ヨハンの後を必死に追いかけた。

アイズカラーと記憶を失い、身分を証明する手立てのない彼の姿を決して役人たちの眼に触れさせるわけにはいかなかった。この部落の者とみなされてしまえば、労役の義務に従わぬ不届き者として直ちに捕えられ、連行されてしまうことは、目に見えていたからだ。負傷していても、身体が動ける限り、決して免れることのできない、それほど厳しいものだったのである。

ヨハンは、まもなく集会所の正面に広がる敷地から出ようとしていた。ポーシャの叫び声に気づき、ヨハンは立ち止まり、そして一目散に駆け寄って来る彼女の方に振り返り、不思議そうに見つめた。

ポーシャはヨハンに追い付くと、彼の腕を摑んで、

「ここにいてはダメ！　さあ、すぐに建物へ戻って！」

すでにヨハンも、何やら辺りが喧騒《けんそう》な雰囲気になり始めていることを感じ取っていた。ポーシャの慌てようから、危険な何かが差し迫っていることは明らかであり、躊躇《ためら》わず従うことにした。一方の松葉杖を投げ捨て、片側はポーシャの支えを頼りに、そして二人はまるで二人三脚でもするかのように、懸命に集会所の建物へと急いだ。

そして玄関が目前に迫り、そこへ辿り着く間際だった。二人は勢い余って、体勢を崩して転倒してしまった。ヨハンの松葉杖が、地面を滑って建物の壁にぶつかり、カツンと鈍い音を立てた。

すぐにポーシャは立ち上がったが、しかしヨハンは両手を踏ん張り、上半身を起き上げるのが精一杯で、なかなか立ち上がれなかった。

「ヨハン！　頑張って！」

ポーシャはヨハンの身体を必死に抱え起こそうとするが、きゃしゃな体形の少女が、力を振り絞ってみたところで、思うようにいくはずもなかった。ヨハンもポーシャの肩に手を掛けて、それを支えに何とか立ち上がろうとしたが、しかし彼の重みに耐え切れず、ポーシャの身体がつぶされて……二人は再び揃って、地面に崩れ落ちてしまった。

そうこうしている間にも、背後から響いて来る蹄と車輪の音は、みるみるうちに大きくなって、今にも広場に駆け込んで来そうな気配だった。

するとマリーヌが建物から飛び出して来て、

「――何をしてるの！　さあ、二人とも急いで！」と、すかさず手を貸した。

両脇からマリーヌとポーシャの二人に支えられて、ようやくヨハンは立ち上がった。そして三人は何とか無事に建物に駆け込み、引き戸を閉ざしたのだった。

それと、ほぼ同時に、三頭の馬が一斉に広場に駆け込んで来て……幸いにも、間一髪で危機を逃れたのである。

それぞれの馬に騎乗しているのは、やはり役人たちであり、そのうちの一頭が、古びた木製の荷車を引いていた。その荷台を覆うように、くたびれた茶褐色の筵《むしろ》が掛けられていた。

『パッパラパッー！……パパパパパー！……』

と、役人の一人が騎乗したまま、ラッパを吹きながら、広場を旋回し始めていた。かん高い金属音が、部落中に響き渡るほどの迫力だった。

マリーヌは、わずかに引き戸を開くと、

「これは、一体どういうこと……？　なぜ、彼らはあんな行動を取ってるのかしら？」

と、隙間から、こっそり外の様子を窺いながら訊いた。

「部落の人たちに、召集を呼びかけてるのです」

そしてポーシャも引き戸の隙間に顔を寄せて、役人たちが運び込んできた荷車を見つめながら、

「――労役の最中に……また誰かが、命を落としたんだわ……」

と、張り詰めた顔で、ひとり言のように言うのだった。

過去の経験上、役人たちが、予告もなく筵《むしろ》の掛けられた荷車を運び込んできた時は、決まってそのような事態であることから、容易に想像がついたのである。しかも、それはここ最近、毎年のように繰り返されていることでもあった。

「何ですって！」と、マリーヌの眼が丸くなって、

「では、あの荷車には……その誰かの亡骸《なきがら》がのせられているというのね！」

ヨハンは、玄関の上り口に腰を下ろし、表情を険しくさせながら、無言のまま二人のやり取りを聞いていた。

「ともかく私が行って様子を見て来ます」

と言い残すとポーシャは、すかさず外に飛び出した。


広場には、次第に人々が集まり始めていた。

「これはお役人様、お務めご苦労様です」

と、騎乗している三人の役人たちの前に歩み寄って、挨拶をしているのは、先ほど孫娘の診察に訪れた、部落頭のジオンだった。住居がすぐ間近ということもあり、一番乗りで駆け付けて来ていたのである。もちろん彼も、おおよそ察しがついていただけに、表情は決して穏やか

ではなかった。

すると先頭にいる、先の尖った口ひげを蓄えたリーダー格と思える——以前ポーシャの家を訪ねてきた、あの役人が、ジオンを見下ろしながら、

「確か……おまえが、この部落の頭を務める者だったな?」

「はい。ジオンと申します」

「急きょ、我々がここを訪れたのは、他でもない。昨日、炭鉱で落盤事故が発生し、不運にも一名の者が犠牲となった。その亡骸を持参して来たゆえ——とりあえず確認してみることだな」

と、役人は顔色ひとつ変えることなく、平然たる口調で言った。人の命を重んじる気持ちなど、これっぽっちもない様子だった。

やはり予測した通りの事態であり、ジオンは肩を落しながら、大きく息を吐いた。——そして荷車の元へと歩み寄り、荷台に括《くく》り付けてある紐《ひも》を解いて、恐る恐る筵を捲り上げてみると、そこには男の身体が無造作に横たえられていた。粉塵で黒く煤けた作業着に身を包み、完全に生気を失い、蒼白く硬直した彼の顔は、まさしく屍《しかばね》であることを物語り……その無残な光景に、ジオンの心は大きな悲しみに包まれていくばかりだった。

「——恐れながら、申し上げます! 今回ばかりか、昨年、一昨年と……炭鉱で犠牲になる者が後を絶ちません! その対策を講じて下さるように、再三、お願いしているにもかかわらず——なぜ、お聞き届け下さらないのですか!」

ジオンは怒りを堪え切れず、リーダー格の役人の元へと詰め寄った。

毅然とした彼の姿に、役人は面食らってしまうが――すぐに怒りの形相を露《あらわ》にしながら、

「――黙れっ！　我々に対する、そのふてぶてしい態度は何だ！」

と、騎乗したまま、突如ジオンの胸元に、強烈な足蹴りを浴びせつけるのだった。ジオンの身体が弾き飛ばされて、地べたに崩れ落ちていった。

「ジオンさん……！」

ポーシャが叫び、すかさずジオンの方に駆け寄って行った。彼女に続いて群がる人たちも次々に――。

しかし役人たちは、そんなことなど、まるで眼中になく、

「亡骸は、確かに引き渡したぞ！」

と、リーダー格の役人は叫ぶように言うと、すぐさま馬を反転させて、

「よし、いくぞ！」

と、仲間たちに号令を発して、あっという間に三頭は広場を駆け抜けて行くのだった。

「しっかりして下さい、ジオンさん……！」

ポーシャは、仰向けに倒れているジオンの身体を抱え起こそうとした。

「大丈夫……。たいしたことはない」

と、ジオンは自ら上半身を起き上げて、ポーシャの方に眼をやるが……しかし彼女の顔をま

ともに見ることができなかった。荷車に載せられている亡骸。――それが何を隠そう、ポーシャの父親……アポロだったからである。役人から受けた仕打ちよりも、その心に受けた衝撃の方が、遥かに大きいものだった。

ポーシャは荷車の傍らに呆然と立ち尽くしていた。父親の亡骸を目の当たりにしても、不思議にも、悲しみは湧き上がってこなかった。――今見ている光景が、現実として、心に受け止められなかったのである。

依然、広場には、続々と大勢の人が詰めかけて来ていた。やがてコゼフとルーブル、そしてジェーシャとアンヌ、バロンといった近所の面々も姿を現した。もちろん皆、そのよもやの事態に、途方もない悲しみに包まれてゆくばかりであり――やはり、まだあどけなさが残る、子供のルーブルには、たまらなく辛いものだった。

「――父ちゃん……。どうしてさ！　どうして、こんな姿で、戻って来てしまったのさ！――お願いだよ！　お願いだから、目を覚ましておくれよ！……」

ルーブルはアポロの亡骸に覆い被さるようにして、止めどなく溢れ出す涙に咽《むせ》び、叫び続けた。その傍らでコゼフが、静かに両手を合わせながら立っていた。年老いた自分よりも、先に逝ってしまった我が息子を思えば無念でならなかったが、実の父親を失った、孫たちの悲しみに較べれば、ごく一握りに過ぎないのだろうと、そう自らに言い聞かせて、安らかに眠る息子、アポロの冥福を祈り続けていたのである。

役人たちが去ってしまうと、マリーヌも外に出てきて、荷車の周りに群がり、厳かな雰囲気で合掌している人々の中にとけ込んでいた。亡骸に寄り添いながら泣き崩れているルーブルの姿と、並んで両手を合わせて立ち尽くしているコゼフの姿を見れば、彼女もすぐに事情は理解できた。

マリーヌは荷車の傍らに歩み寄り、荷台に横たわる男の手首をそっと掴み上げ、微かな希望を抱いて、脈拍を確認してみるが……しかし、次の瞬間、眼を伏せて、静かに元に戻すだけだった。

群がる人々の輪から外れて、ポーシャが一人寂しそうに、厚い雲で覆われた空をぼんやりと見上げていた。その彼方に横たわる、壮大なる銀河を思い浮かべていたのである。

「ポーシャ……」

アンヌが傍らに歩み寄って来て、ポーシャの手を両手で優しく包み込んだ。それ以上、彼女にかけて上げる言葉がなく……アンヌには、せいぜいそれぐらいのことしかして上げられなかった。だが、今のポーシャにはそれで十分だった。彼女の手の温もりが、何よりも心を癒してくれたのである。

「マリーヌ先生は、神様の使いなんでしょう？　ねえ、そうなんでしょう？　お願いだから……どうか、父ちゃんを……おいらの父ちゃんを……蘇らせておくれよ！　お願いだよ！」

ルーブルが、マリーヌに必死にすがっていた。

マリーヌは腰を屈めて、ルーブルの両肩に手を触れると、切なさに溢れた瞳で、彼の顔を真っ直ぐに見つめながら、

「——この私が、神の使いだなんて……とんでもない誤解よ。私は……ただの医師なの。人々の怪我や病気を治せても、命を蘇らせることはできないのよ」

と、言い聞かせるが、ルーブルは、まるで聞き入れようとはせず、

「嘘だ！　嘘だ！　マリーヌ先生は、お医者様に姿を変えた、神様の使いさ！——おいらは、そう信じてるんだ！」

と、駄々をこねるように、頭を横に振りながら、彼女の肩に、しきりに握り拳を打ち付けるのだった。静まり返った広場には、その泣き叫ぶルーブルの声だけが響いていた。

そこへ、群がる人々の間をすり抜けて、足早にポーシャが歩み寄って来て、

「お止めなさい、ルーブル！　マリーヌ先生を困らせるものではありません！」

と、二人の間に割り込み、彼の身を制した。

「——お、おねえちゃん……」

我に返ったルーブルが、虚ろな眼でポーシャを見つめながら言った。たちまちルーブルは彼女の胸の中に崩れ落ちていき……そのまま思い切り泣き始めるのだった。ポーシャは両腕でしっかり彼の背中を包んでいた。ポーシャは決して涙など見せなかった。弟を労る、姉らしさの

象徴というものか――それは、確固たる姉弟の絆を垣間見ているようでもあり、見守るすべての人たちの涙を誘っていた。

突然、パラパラと雨が落ちてきた。亡骸を濡らさぬように、荷車には再び筵が掛けられ――アポロの亡骸は集会所の建物へ運ばれ、安置されることになった。そこは普段マリーヌが診察に使っている大部屋だった。

アポロの亡骸は、ポーシャの一家や、お馴染みの近所の面々、さらに部落頭のジオンによって、丁重に清められた。そこにマリーヌとヨハンの二人も立ち会った。その後、香を焚いて、しめやかに供養が行われ――その間、二人は、隣の小部屋で待機することにした。

いつしか外は、激しい雨となり、盛んに雷鳴が轟いていた。

マリーヌは腕を組み合わせて、立ち尽したまま、張り詰めた表情で何やら思案し続けていた。アポロの身体を清める前に、一家から許可を得て、検死なるものを行わせてもらい、その時、彼の死に疑問を感じたのだった。左足の腿に、大きな裂傷があり、落盤事故に巻き込まれたことは否定できなかったが、その傷口には、止血のために、きつく布が巻き付けてあり、大量に出血した様子はなく、それが致命傷になったとは、とても考えにくかった。また他に、これといった大きな外傷はなく、頭を強く打ったような形跡もなかった。そこで彼の死の真相を突き止めるべく、マリーヌは思案に没頭していたのである。ただ酷なことに、負傷した部分には、消毒液や薬による処置など、一切行われておらず、そのため足の傷口には、ひどく化膿していた形跡が見られたことが、大いに気になっていた。

マリーヌはふと部屋の隅に、まとめて置いてあるアポロの遺留品となった衣服に眼をやった。そして、歩み寄り、衣服を一つ一つ手に取り、目を走らせていくと、どの衣服にも夥しい塩の結晶が浮かび上がっているのに彼女は気づいた。特にまだ洗い立てだったと思われる、肌着のシャツには、指を触れてみても、ざらつく感覚がはっきり感じ取れるほどに――それは、彼の死の核心に触れた瞬間でもあった。

「その衣服に、何か気になることでもあるのだろうか？」

と、丸椅子に腰を落ち着けて、マリーヌの行動を静かに見守っていたヨハンが、彼女の顔色の突然の変化に気づき、不思議そうに声をかけた。

「――どうやら……彼の死の真相が読めてきたわ！」

「死の真相とは……では彼は炭鉱の落盤事故で、命を落としたのではないのか？」

「落盤事故に遭ったのは事実としても、それが直接、死に結びついたわけではないわ。――問題は、その後にあったのよ！」

「一体……何を根拠に、そう判断するのだ？」

するとマリーヌは、アポロの肌着のシャツを手にして、ヨハンの元に歩み寄ってくると、

「ともかく、これを見てごらんなさい」

と、彼の目の前に広げて見せた。

ヨハンは食い入るような眼差しで、それを見つめると、

「塩の結晶が万遍なく付着しているが……つまり、ここに、その真相が隠されてると言うのだな？」

「ええ、その通りよ」と、マリーヌは肯くと、

「この結晶は大量の湧き出た汗によってできたものよ。――炭鉱の中は凍えるほどの寒さと聞いているわ。たとえ、どれほど激しい労働を強いられても、これほどの汗をかくというのは不自然だわ。そこで考えられるのは高熱よ。彼は亡くなる直前、ひどい高熱にあったと、私は推測するわ。何しろ彼の外傷には、致命傷になるようなものは何一つ見当たらなかったわ。そして最も負傷した足の傷口には、止血の処置が施されている以外、これといった手当てはされておらず、そのため、ひどく化膿した形跡が見られた……つまり私の見立てはこうよ。――落盤事故に遭った後、彼はそのまま放置されたために、傷口で繁殖した細菌が、全身に回って高熱を引き起こし、さらに激痛に耐える脂汗と相まって、発汗による脱水症状から、急激に体力を消耗し、それで死に至ったと。――とにかく負傷した後、速やかに適切な処置さえ施していれば、救える命だったと……そう私は断言するわ！」

「――それが事実であるなら……何と、哀しきことなのか……！」

ヨハンはガクリと、大きく頭をうな垂れていた。

振り返ってみれば、以前、自らも同じ足を負傷し、それが原因となり、ひどい高熱に冒され、生死の境をさまよったものだった。それを心優しき姉弟が、一晩中手厚く介抱してくれたお蔭で、今、自らはこうしてちゃんと生き長らえ、しかも自らの足で、しっかり地面を踏みしめて歩くこともできるのだ。赤の他人でありながら、自らには、そのような恩恵を授けてくれ、しかし最愛の父親には、同じ境遇に陥りながらも、何の施しもして上げられず、無念に死を迎えてしまったとなれば……それを思うと、ヨハンの心は、大きな悲しみに包まれて行くばかりだった。

『春になれば、必ず父は帰ってくる。それを心待ちにして過ごす冬も結構楽しいものと……』

そのポーシャの言葉が、ヨハンの脳裏に切実に蘇っていた。それが、もはや叶わぬ望みとなってしまった今——できるものなら、この自らの命と代わって上げられないものかと、ヨハンは心の底から思えてくるのだった。

その彼の胸中を表すかのごとく、外では雷雨が一段と激しさを増していた。

すると突然、大部屋につながる引き戸が開いて、アンヌが部屋の中を見回しながら、

「——あのう、ポーシャはここに来てませんか……？」

「ここには、来てないけど……。二人は隣の部屋で、一緒じゃなかったの？」

マリーヌが訊くと、アンヌは不安そうな面持ちで、

「それが、お手洗いから戻ってみたら、突然いなくなっていて……てっきり、ここに来ている

のかと思ったんだけど……」

「もしかして、外に出て行ったのでは……！」

マリーヌは、廊下に面したもう一つの戸口から、すかさず部屋を飛び出して、玄関の方に眼をやると、そこにポーシャの靴がないことに気づいて、

「やはり、そうだわ！」

「外はひどい雨なのに……ポーシャは、一体、どこへ……？」

アンヌの不安は募ってゆくばかりだった。

マリーヌが玄関の引き戸を開いた瞬間、彼女の顔が、稲妻にパッと明るく染まり、ほぼ同時に、バリ、バリ、バリ、バリッ！ と、耳をつんざくような雷鳴が轟いた。しかし彼女は、まるで動じることなく、辺りに視線を走らせたが、ポーシャの姿は見当たらなかった。

「この激しい雨の中、そう遠くへ行くはずもないわ。――私が辺りを探してみるので、アンヌ、あなたはここにいてちょうだい」

そう言い残すと、マリーヌは急いでブーツを身に付けて、玄関先の軒下に出てみた。

大粒の雨が容赦なく地面に叩きつけ、広場は池と化していた。雷雨は今まさにピークを迎えていたのである。建屋全体に張り巡らされている軒から、収容しきれなくなった雨水が、雨どいから溢れ、滝のように流れ落ちていた。その軒下であれば雨水を凌げるはずであり……そこでマリーヌは、その周囲のどこかにポーシャがいるのではと思い、確認してみることにした。

──そして壁伝いを時計回りに、ゆっくり移動していき、最初の曲がり角にやって来ると、すぐ隣に簡素な建屋があり、そこにマリーヌの愛馬、オリオンがつながれていた。マリーヌは立ち止り、中を覗き込んでみると、雷鳴と稲光が起こるたびに、彼はひどく怯えた様子になっていた。

「オリオン、もう少しの辛抱よ。頑張ってちょうだい」

と、マリーヌは、励まそうと声をかけてみるが、しかし彼は、まるで、その彼女の言葉を無視するかのように、すかさず後ろを向いてしまった。その動作は、いかにも嵐の中に一人、いや、一頭、置き去りにされたことに機嫌を損ねているように思えたが……なぜか彼は唸り声を上げながら、しきりに頭を縦に動かして見せるのだった。それは、まるで自らに何か伝えようとしているかのようであり、もしかしたらポーシャの居場所を教えてくれているのではと、感じたマリーヌは、

「──あなた、この私に裏手へ回れって言ってるのかしら……？」

と、マリーヌが訊いてみても、それ以上、オリオンが答えるはずもなく……とにかく彼が指示す裏手の方角に向かって、壁伝いを先に進み続けた。そして二つ目の角が直前に迫った時、叩きつける雨の音に混じって、どこからか、人の泣き叫ぶような声がしてくるのにマリーヌは気づいた。それは、どうやら建屋の裏手からのようであり、そして、壁からそっと顔を覗かせて様子を窺ってみると、建屋の中ほどに、壁に押し当てた両腕に顔を伏せて、肩を震わせなが

ら嗚咽している人影があった。それは紛れもなくポーシャだった。その時、マリーヌは思った。今になって、彼女の胸に悲しみが、一気に押し寄せて来たのだろうと――。

「ポーシャ……」

呟くマリーヌの眼からも、たちまち涙が込み上げてきた。――しばし、そんなポーシャの姿を悲哀の念に打たれながら静かに見守っていたが……ともかく今は、彼女をそっと一人きりにさせて上げようと思い、マリーヌは身を引くことにした。

「あなたが教えてくれた通り、確かにポーシャはいたわ。――ありがとう、オリオン」

戻る道すがらマリーヌは、さり気なくオリオンに感謝の気持ちを伝えた。彼は正面に向き直り、落ち着いた様子で地べたにしゃがみ込んでいた。轟く雷鳴や稲光にも、まったく動じなくなっていた。

そしてマリーヌは玄関へ戻って来ると、不安そうな面持ちで待ち続けていたアンヌに、

「ポーシャなら大丈夫。ちゃんといたわよ。――だけど、今は……そっと一人きりでいたいそうなの。どうか、わかって上げてね」

と、優しい口調で言った。

アンヌは大きく肯いた。


雨が止んで、雲の切れ間から、夕日が差し込み始めていた。

軒から滴り落ちる雨の雫。一陣の心地よい風が広場を吹き抜けていった。

やがて晴れ晴れとした姿で、ポーシャが戻って来ると、

「お帰りなさい、ポーシャ！」

アンヌが玄関を飛び出して、温かく彼女を出迎えた。

「アンヌ……心配かけて、ごめんなさい」

「気にしないで。ポーシャが元気なら……私は、それでいいの」

アンヌは笑顔で言った。

続いてマリーヌ、そして松葉杖を突きながらヨハンも建屋から姿を現すと、すかさずポーシャはマリーヌの前に歩み出て、輝くような眼差しを向けながら、

「マリーヌ先生、雨はすっかり上がりましたので――早速、往診へ出向きましょう！」

「ポーシャ……」

打って変わった陽気な彼女の姿を目の当たりにして、マリーヌは驚いた。

「部落の皆さんには、父のぶんまで生き長らえてもらわなくてはなりません。そのためには、今日一日のマリーヌ先生の診察が欠かせないはずです。――ですから、どうぞ、よろしくお願いします！」

と、ポーシャはマリーヌに向かって深く頭を下げた。

「わかったわ」

マリーヌは大きく肯いた。

続いてポーシャは、ヨハンの方に振り向いて、

「ヨハン、先ほど約束してくれた読み書きだけど……早速、今晩から、お願いするわね」

「ああ、任してくれ！」

ヨハンは頼もしく言った。

そしてポーシャは、再びマリーヌに向き直ると、

「一日でも早く……読み書きも覚えて、看護師のお仕事が、一人前にできるよう一生懸命頑張りますので――どうぞ、マリーヌ先生も、この私を温かく見守っていて下さい！」

と言う彼女の瞳は、夢と希望に溢れるように、眩しく光り輝いていた。

何という意志の強い子なのだろうか！　――まさに彼女こそが、医療の世界が求めている人材であり、是非、彼女には、将来、輝かしき光を燈してもらいたいと、マリーヌは心から願った。しかし現実は、幻に過ぎないようなものだった。彼女がアイズカラーを携えていない。ただ、それだけの事情のために――。

翌日、部落頭のジオンが施主を務め、アポロの葬儀が集会所で行われた。現在、部落に残っている人々すべてが参列し、そしてアポロの亡がらは、部落の敷地の奥にある墓地に丁重に埋葬され、安らかな眠りに就いたのだった。

第二章　尊い小さな子供たちの命

一

そして一ヵ月が過ぎた。平原を吹き抜けていく冷たい北風。家庭の暖炉には火が燈され、季節はすっかり冬に移り変わっていた。

マリーヌは街中の病院で勤務する傍ら、依然、〝紅《くれない》の里〟での医療活動に従事し、多忙な日々を過ごしていた。一方、ポーシャは彼女の助手を務めながら、読み書きの学習に励み、ヨハンの熱心な指導のお蔭で、今ではマリーヌから授かった簡単な医療の書物を読みこなせるほど、目覚ましい進歩を遂げていた。こうしてポーシャは、実地やその書物を通じて、次第に看護師の知識と実力を身に付けていったのである。

しかしながらマリーヌとポーシャの二人で、部落すべての医療活動を行っていくのは大変困難なことだった。それが何とも有難いことに、アンヌを初めとして、ポーシャと同年代の年長の少年少女たちが志願して、次々に仲間に加わり、こうしてマリーヌをサポートする看護師チームが結成されることになったのである。もちろんポーシャが、そのリーダーの役割を担い、それが実際、彼女自身の看護師としての腕を磨いていくことにもなっていた。

ある日の冷え込んだ朝だった。地面一体を覆っていた霜柱が、太陽の陽射しを受けて、次第に解け始めていく朝八時頃。――ポーシャとアンヌの二人が、マリーヌの手伝いのために集会所へ向かって広場を歩いていると、その建物の玄関から、六、七歳くらいと思える子供たちが、次々に外に飛び出して来た。

「今日習ったことは、後でちゃんと見直しておくんだよ！　いいね、みんな！」

と、玄関から顔を覗かせて、子供たちに向かって声を張り上げているのは、ヨハンだった。

「はーい、わかりました！」

「また、明日もよろしく！」

「さようなら、ヨハン先生！」

子供たちは振り返り、元気な声で答えると、向き直り広場へ駆け出した。どの子も粗末な厚手の上着に身を包み、質素な布袋を肩にぶら下げたり、小脇に抱えたりしていた。

やがてその集団は、白い息を吐きながら、ポーシャとアンヌの方に近づいていき、

「みんな、朝早くからお疲れさま！」

と、ポーシャが笑顔で声をかけた。

「おはよう。ポーシャにアンヌお姉ちゃん！」

子供たちが二人の回りに集まって来た。

「読み書きのお勉強は楽しいかしら？」

と、アンヌが訊くと、

「うん、とっても楽しいよ」

「もう、たくさん文字が読めるようになったよ」

「私、少しなら……書くこともできるわ」

男の子も女の子も、意気揚々とした面持ちで言った。

やがて子供たちが去って行き、ポーシャとアンヌは再び集会所に向かって歩き始めると、やって来る二人の姿に気づいて、玄関で待ち続けていてくれたヨハンが、

「いやあ、二人ともご苦労……！」

と、笑顔で出迎えた。

「ヨハンこそ、朝早くからお疲れ様」

と、ポーシャが労いの言葉をかけると、続いてアンヌが、

「子供たちはみんな、読み書きの勉強に、熱心に取り組んでくれているようね」

「そればかりか、この私によく懐いてくれるので、本当に嬉しい限りさ」

ヨハンは満足そうな笑みを浮かべながら言った。

この部落にやって来て、一月半が過ぎ、ヨハンの怪我は完全に回復していた。いまだ過去の記憶は戻らぬままでいたが、貧しい暮らしながらも、そこでの生活は、実に充実しきったもの

だった。いつでも親身になって自らを思ってくれるポーシャの一家を始め、多くの人々の真心に触れているうちに、いつしかその土地にすっかり溶け込み、まるで、ここが自らの古里のように感じられるようになっていたのである。

ヨハンは、部落の人々の役に立つような、心ばかりの恩返しはできないものかと考えた。そこでポーシャばかりでなく、部落すべての子供たちに、読み書きを指導して上げることを決意したのである。そして年少、年中、年長と歳に応じて三つのクラスに分けて、集会所で授業を行っていたのだった。先ほどの子供たちが、年少のクラスの生徒たちというわけだ。彼の善意は、部落の大人たちも大いに歓迎してくれて、授業に必要な机や椅子、黒板などこさえて提供してくれた。また同様に嬉しく思ったマリーヌも、ペンやノートなどの文房具を揃えて、子供たちに授けてくれたのだった。

こうして集会所には診療所と学校、それぞれが併用して設けられることになり、それをきっかけに、大勢の人が労役に駆り立てられている期間でも、部落は、かつてないほどの活気に満ち溢れていた。マリーヌばかりか、ヨハンと部落の人々との間における心の絆も、より強固なものになっていたのである。

本日、マリーヌは病院の勤務が休日であり、一日を通して部落の医療に専念できる日だった。午前中はマリーヌが診察を行うので、ヨハンは、早朝から年少の子供たちの授業を行っていたのだ。午後になればマリーヌは往診に出向き、再び部屋が空くので、続いて年中、そして夕刻には、年長の子供たちの授業を行う予定になっていた。そうして集会所の建屋を効率よく利用していたのである。

今まではポーシャ一人で、マリーヌの助手を務めてきたが、診察のときは、こうしてアンヌがパートナーに。そして往診で部落の家々を回るときは、他の仲間たちが協力してくれるお蔭で、マリーヌとポーシャの負担は、かなり軽減されるようになっていた。

まもなくマリーヌがやってくる頃である。早速ポーシャとアンヌは診察するための準備に取り掛かった。ヨハンも二人に手を貸して、まず奥の物置から収納してある寝台や丸椅子などを運び出して、その空いたスペースに、授業で使っていた机や椅子、黒板などを次々に詰め込んでいった。すると部屋は教室から診察室へとすっかり様変わりした。そしてポーシャとアンヌは白衣に身を包み、後はマリーヌの到着を待つばかりであった。

次第に近づいてくる蹄《ひづめ》の音。その軽快なリズムは、マリーヌの訪れを告げる合図だった。

「マリーヌ先生がやって来たわ！」

彼女を出迎えるために、ポーシャが部屋を出ていった。一方、アンヌは湯呑み茶碗に湯を注いで、マリーヌに差し出す用意を始めた。

やがてマリーヌが体を震わせながら、部屋に飛び込んできて、

「――今朝は、何という寒さかしら！　身体の芯まで凍りつきそうだわ！」

と一目散に暖炉の傍らに駆け寄った。普段の落ち着いた様子からは、かけ離れた様相だった。

北風が吹き抜ける極寒の平原をオリオンを走らせてやって来たのである。厚手のコートを着込み、それなりの防寒対策をとっていたが、さほど効果はなかったようだ。それほど冷え込んだ朝だった。

「お寒い中、ご苦労様です。いつものように白湯ですが、まずは、これで身体を温めて下さい」

と、アンヌがマリーヌに湯呑み茶碗を差し出した。

「ありがとう、助かるわ」

マリーヌはそれを受け取り、ひと口啜ると、次第に気分も落ち着いてきて——すると部屋の隅で帰りの身支度をしている、ヨハンの姿にようやく気づいて、

「あらヨハン、早朝から子供たちの読み書きの授業をしてくれていたのね。どうも、ご苦労様!」

と、労いの言葉をかけた。

「ここでの役目は、あなたに交代して——私は、そろそろ行くとしよう」

と、言い残してヨハンが戸口の方に向かって歩み始めると、ちょうど部屋に戻って来たポーシャが、

「では、ヨハン……今度は、部落の掃除の方をお願いするわね」

「ああ、任してくれ!」

ヨハンは頼もしそうに肯き、部屋を出て行った。

二人の言葉のやり取りを微笑ましく見ていたマリーヌが、

「そう言えば、ここへ来る途中、通りのあちこちで、熱心に掃除をしている大勢の人を見かけたけど、彼もそれに参加するわけね」

「はい、そうです」と、アンヌが肯くと、

「本来ポーシャと私が参加するはずでしたが、私たちには、こうしてマリーヌ先生のお手伝いがあるので、ヨハンさんが代わりを引き受けてくれたのです」

「なるほど。年の瀬が迫った時期でもあるし、新年を向かえるための準備をしてるわけね」

「いいえ、そういうわけでもないのです」と、ポーシャがマリーヌの元へ歩み寄りながら、

「祈禱師様が、まもなくこの部落にやって来るので、丁重にお出迎えするための準備なのです」

「祈禱師様……？　一体、そのような人物が、何の目的で、ここを訪れるのかしら？」

「毎年この時期になると、この部落を訪れ、私たちが来世に、幸せに生まれ変われるように、祈って下さるのです。何しろ祈禱師様には、人の前世を見通せる優れた能力がおありで……国王様の側にお仕えする、とても偉いお方でもあるのです」

ポーシャは眼を輝かせながら言った。

「何ですって！」

マリーヌは眼を見開き、ただ驚くばかりだった。

いまだかつて医師すら訪れたことがないこの部落に、国王に仕えるほどの高位の身分の人物が訪れるとは、到底信じられるはずもなかった。それにしても人の前世を見通せるとは、いく

ら何でも馬鹿げた話であり――とにかく、そこには何か裏があるのではないかとマリーヌは思った。近々その人物がこの部落を訪れるのであれば、直接自らの眼で確かめてみたいと思い始めてもいた。

やがてマリーヌは診察の準備を整えると、

「それではアンヌ、あなたの診察から始めるわ。その診察も、今日でおしまいよ」

彼女の言葉に、アンヌは不安そうな顔つきになって、

「――おしまいとは、どういうことでしょうか……！　もしかしてマリーヌ先生は、もう二度と、この部落に来なくなってしまうのですか？」

マリーヌの口からクスリと笑みが零れて、

「勘違いしないで。あなたの病は、もう、すでに完治しているわ。だから、あなたの診察と治療が、今日で、すべて終わるのよ」

「それは、本当ですか！」と、アンヌは眼を丸くしながら、

「――そう言えば、近頃、まったく目眩《めまい》も起こらなくなっていたし……私の病気が、いつの間にか治っていたなんて……！」

と、信じられないといった面持ちで言った。

「よく頑張ったわね。治療の効果よりも、そのあなたの陽気になった性格が、病をどこかに吹き飛ばしてしまったのよ」

マリーヌが微笑みながら言うと、ポーシャがアンヌの手を両手でしっかり握り締めて、

「おめでとう、アンヌ！　私も心から祝福するわ！」

「ありがとうございます。マリーヌ先生！　そしてポーシャ……！」

幼い頃から、ずっと苦しみ続けて来た病から解放されたのである。その大きな喜びに、アンヌの顔は、溢れんばかりの笑顔に包まれていた。


祈禱師と呼ばれる人物が、部落にやって来たのは、その翌日だった。それから一週間ほどを費やして、すべての家庭を一軒一軒訪ねて、現在部落に残っている老人と子供たちすべてに、祈禱を捧げるのである。

彼がポーシャの家を訪れたのは、三日目の夕刻間近の頃だった。

「お待ちしておりました、祈禱師様。――相変わらずの、むさ苦しいところでございますが、さあ、どうぞ、お入り下さい」

主のコゼフが、戸口に現れた男を丁重に出迎えた。

「これはご老人、いつになく元気そうで何より。では早速、失礼させてもらうとしよう」

男は堂々とした姿で玄関に入って来た。四十坂を上り始めたといった年頃か……肥満そのものといった、ずんぐりとした体格。やや童顔な顔立ちながらも、先の尖った顎ひげが、どことなく勇ましさを感じさせた。

祈禱師はきちんと片付けられた部屋に招かれると、漆黒のコートを脱ぎ去った。内側は派手な紫色の装束で身を包み、それがいかにも祈禱師らしい、神秘的な雰囲気をかもし出していた。

祈禱師はテーブルの前に用意された座布団に、ドッカリ腰を下ろすと、携えている金色の巾着から、真四角の紫色した厚手の布を取り出して、卓袱台の上に広げた。続いて大きな水晶玉を摑み上げて、その上に置いた。コゼフ、ポーシャ、ルーブルの三人が壁際に並んで、きちっと正座して、準備が整うのを静かに待っていた。室内は神聖な空気に包まれていた。

「只今より祈禱を始める。――では主の者から前に来られるがよい」

と、祈禱師が言うと、すかさずコゼフが歩み出て、卓袱台を隔てた、正面に腰を下ろし、彼に向かって一礼した。

「それでは、いつものように、すべての邪念をぬぐい去り、無心になって、目の前の水晶をひたすら凝視し続けるのだ」

コゼフは祈禱師の言葉に従った。

すると祈禱師は、大きく広げた両手を水晶にかざして、

「――前世の汚れを拭い去らんと、日々精進しているこの者に、神の御加護を与えたまえ……！　オン、アラバマ、ラーハ！　オン、アラバマ、ラーハ！……」

と、奇妙な呪文を唱え始めた。水晶を見つめる祈禱師の眼が、次第に緑色に光り輝いていき、半透明の水晶が、その光を受けて緑色に染まり始めていた。アイズカラーを発していたのであ

る。緑色は第三等位、かなり高位の身分の証だった。

祈禱師は気合のこもった声で、同じ呪文を何度も繰り返した。コゼフは頭を傾けながら、じっと水晶に見入っていた。そんな状況がしばらく続いて、やがて彼の祈禱が終わると、続いてポーシャとルーブルにも、それぞれ同様のことが行われ、それで一家の祈禱は終了となった。

「これで、その方らの前世の汚れは、さらに一層、清められ、来世の幸福に向けて、また一歩近づいた。だが、繰り返し申し伝えることであるが、現世における苦境こそが、その方らの生来の定め。それを決して忘れることなく、今後も精進されるがよい」

祈禱師は、最後に一家に忠告した。そして卓袱台に置かれた水晶を片付けようと手を伸ばしかけた時、

「祈禱師様に一つ、お願いがございます」

ポーシャがきちっと両手を床につけて、真剣な眼差しを向けながら言った。

祈禱師は、ふと手を止めて、

「――さて、この私に願いとは……一体、どのようなことかな？」

と、不思議そうに訊いた。

「実は今、祈禱師様のお力を必要とされている方がおります。只今ここへお呼びしますので、その方に会って頂きたいのです」

「何やら込み入った事情がおありと見える。――いいだろう。早速その者をここへ呼びなさい」

と、祈禱師は快く応じてくれた。

「ありがとうございます」

ポーシャは深く頭を下げると、土間の方に振り返り、

「ヨハン！　さあ、こちらへいらっしゃい！」

と、声を張り上げるようにして言うと、すぐに土間の向こう側にある、裏手の引き戸が開いて、ヨハンが姿を現した。祈禱師は、彼の姿を怪訝そうな顔つきで見つめるばかりだった。彼のような年頃の人物は、現在労役に赴き、ここに存在するはずないのだから無理もない。

ヨハンは部屋に上がると、彼に向かって正座して、きちっと頭を下げると、

「本来、私はこの部落に暮らす者ではないが……とある事情から、この家で世話になり続けているのだ。――まずは、その理由から話すとしよう」

ヨハンは、この部落にやって来たすべての経緯を打ち明けた。

どうやら祈禱師は、彼の話に納得してくれたようで、

「なるほど、事情はわかった」と、大きく肯くと、

「記憶とアイズカラーを失い、自らの正体までわからなくなってしまうとは、それは、さぞ難儀なこと。――そこで、この私に一体、どのような力になってもらいたいのかな？」

するとポーシャが口を開いて、

「現在、彼はここでヨハンと名乗っておりますが、それも彼の本当の名であるのか、定かでは

ございません。そこで、人の前世を見通せる祈禱師様なら、彼の正体がわかるのではと思い、是非、お願いしたいのです」

「きっと彼にも大切な家族がいて、いつまでも戻らぬ彼を心から案じていることでしょう。――ですから、どうぞ、聞き届けては頂けませんか」

と、コゼフも懇願した。

祈禱師は、途端に険しい顔つきになって、

「あいにく……私には人の前世は見通せても、現世を見通すことはできない。――なぜならば、この水晶には、そのような魔力を秘めてないのだ」

「――何と残念なことか……」

ヨハンは大きく息を吐いた。一家全員が落胆の色に包まれた。

しかし祈禱師は、すぐに改まった様子になり、

「だからといって、やすやす諦めてしまうわけにもいかない。苦境にある者たちに救いの手を差しのべるのが、この私の役目。――できる限りのことをして差し上げよう」

その心強い言葉にヨハンはもちろん、皆の表情にも明るさが戻った。

祈禱師は真っ直ぐにヨハンを見つめると、

「その方を疑うわけではないが――まずは、記憶とアイズカラーを失っていても、その方が、外から来た者であるという、確たる証となるものはないだろうか？」

「裸も同然で、ここにやって来たくらいだ。そのようなものなどあるはずもない……」

ヨハンが肩を落しながら言うと、ポーシャが何やら閃いたように口を開いて、

「そうです！　読み書きです！　彼には読み書きができます。この部落に暮らす者たちは皆、読み書きができませんので、それが何よりの証になるはずです」

「祈禱師様、ほんとだよ。だってヨハンは、お姉ちゃんや、おいらばかりか、部落の子供たちみんなに、読み書きを教えてくれてるんだからね」

ルーブルが眼を輝かせながら言った、その時、

「なるほど。そういうことであったか……」

と、祈禱師は張り詰めた顔で、一人ごとのように呟くのだった。

今回この部落を訪れてみて、すでに彼は例年とは雰囲気が、がらりと変わっていることに気づいていた。以前に比べて病に苦しむ人々が減り、子供たちは皆、見違えるくらいに陽気な笑顔を見せていたからだ。また、あちこちの家庭で、かつて見かけたことがない薬の包みや、ペンやノートなどの文房具を眼にし、疑問に感じてもいた。――そこで、それぞれの家庭を訪れた時、ふと耳にしたのは、ここを頻繁に訪れて医療活動を行っている女と、子供たちに読み書きを教えている男の噂だった。つまり、今ここで、彼はその実在の人物と会ったわけである。

するど祈禱師は、真剣な眼差しをヨハンに向けると、

「ともかく、その方が外に暮らす者であることは納得した。――では手始めに、その方の前世

から見て差し上げよう」

「私の前世を……？　自らの正体を突き止めてもらうのに、なぜ、そのようなことを行わねばならないのだ？」

ヨハンは不思議そうに訊いた。

「アイズカラーの有無、及びその階級は、前世の品行や功徳に応じて決まるもの。すなわち前世を見通すことにより、現在その方が、どの階級のアイズカラーを所持していたのか予測がつけば、それが正体を探り出す、何らかの手掛かりになるかもしれない」

「正直、自らの前世を知るというのは、不安な気もするが……まあ、仕方あるまい。お願いするとしよう」

ヨハンは、テーブル越しに、祈禱師の前に腰を下ろした。そして先ほど一家に授けた時と同様、祈禱が行われることになったのである。

「この者の魂よ！　今、再び前世の姿となって、我が面前に蘇るのだ！」

祈禱師は広げた両手を水晶にかざすと、眼を緑色に光らせて、そして先ほどと同じ奇妙な呪文を何度も繰り返すのだった。ヨハンはひたすら水晶を凝視し続けていた。

すると水晶の中を覗き込んでいる祈禱師の眼が、カッと大きく見開いて、唱えていた呪文が突如途絶えて、

「――こ、これは、何と恐ろしい光景なのだ……！」

と、かざす両手も硬直し、小刻みに震え始めて、彼はとてつもない恐怖に取りつかれた様子になっていた。――やがて両手が、ゆっくり落ちていき、

「もう、よろしい……。顔を上げて結構だ」

と、祈禱師は、荒い息遣いで言った。

「一体、この水晶の中に何を見たというのだ？」

ヨハンはおもむろに顔を上げて、恐る恐る訊いてみた。

「悪業の相だ！　いまだかつて見たことがない、悪業の相を見てしまったのだ！　その方がアイズカラーを授かり、この世に生を受けたとなれば――それは、まさに奇跡だ！　奇跡以外の何物でもない！」

祈禱師は、恐怖から醒めやらない様子で言った。

「私の前世とは、それほどひどく汚れたものだったのか？」

ヨハンは、身を乗り出すようにして訊いた。

「悪行に悪行を積み重ねた生涯を送ってきたとだけ申しておこう。――それ以上は知らぬ方がよい。知れば、その方の心が、より一層、傷つくばかりだ」

「――何ということだ。前世の私が、それほど醜き心の持ち主だったとは……」

ヨハンは頭をうなだれて、すっかり意気消沈してしまった。そんな彼の姿を一家は、ただ呆然と見守るばかりだった。

祈禱師は、気を取り直して、真剣な眼差しをヨハンに向けると、

「前世に犯した罪は、生まれ変わった今では決して責められはしないが、その報いは現世に受け継がれるもの。――そこで、その方に一つ忠告しておくが、これですべての報いが終わったと思ってはならない。近い将来、その方の身に新たなる災いが降り懸かるだろう。ともかく速やかにこの地を去った方がよい。さもないと身の回りにいる者たちすべてを巻き込んでしまうかもしれない」

と、ヨハンの正体を探り出すどころか、最後に不吉な予言さえ残すのだった。

祈禱師が去った後も、ヨハンはしゃがみ込んだまま、動けなくなっていた。前世の自らの醜き姿を知り、心に受けた衝撃は、それほど大きかったのである。

「――元気を出して、ヨハン」と、ポーシャが傍らにやって来て、

「あなたばかりじゃないわ。――実は、その境遇は、私たちも同じなのよ。この部落に暮らす人たちは皆、前世に悪行を積み重ねてきた報いから、こうしてアイズカラーを授かることなく、現世に生まれ変わって来たの。それをあなたにも打ち明けておくわ」

と、切なさに包まれた顔つきで言うのだった。そしてコゼフも重い口を開いて、

「なぜ、私どもが苦境の生涯を歩んでいかねばならないのか、ヨハンもわかってくれたであろう。――その罪を一生かけて償っていかねばならないからなのだ」

その時ヨハンは、以前、彼らが語っていた〝宿命〟という言葉の意味をようやく理解したの

である。これほど心優しき彼らが、前世に悪行を積み重ねてきたとは、想像すらし得ないことであったが――。

するとヨハンは、表情を引き締めながら、

「――いきなり、こんなことを切り出しては、大変、申し訳なく思うが……明朝、私はここを旅立つとしよう」

たちまちポーシャは哀しそうな顔つきになって、

「先ほどの祈禱師様のお告げから、そう決意したのね？……だけど、私たちの身を案じて、そうしようとするなら、お願いだから、思いとどまって……！」

と、懇願するのだった。

「これまで親身になって、私のことを思い続けてくれた、あなた方の真心には、心から感謝している。さんざん世話になり続けて、何の恩返しもできぬまま、ここを去るのは忍び難いが……これ以上、私がここに居続けて、あなた方に苦難を強いるわけにはいかない。――どうか、そんな私の気持ちをわかってもらいたい」

「ヨハン、今やあなたは私たち家族の一員なのよ。家族なら……誰かが困った時は、みんなで助け合うのが当然だわ！　――たとえ、どのような災いが降りかかろうとも、その苦難を分かち合い、共に力を合わせて乗り切りましょうよ！」

ポーシャが促すと、ルーブルも、あどけない眼差しでヨハンを見つめながら、

「おいらも、考えはお姉ちゃんと同じだよ。——父ちゃんは、もう帰って来ないけど……だけど、おいら……ヨハンがここにいてくれるお蔭で助かってるんだ。今ではヨハンが、おいらの父ちゃんになってくれたらいいなって、そう思ってるんだ。——ほんとだよ」

するとコゼフの顔が、にこやかな笑みに包まれて、

「どうやら二人は、まだまだヨハンと一緒にいたいそうだ。行くあてがないのなら、もうしばらく、ここに留まってはもらえないものかな……？」

三対の汚れのない澄んだ瞳が、ヨハンを見つめていた。——それは、温かい一家の真心がしんしんと伝わって来るようであり、いつしか一家との絆は、より一層、強固なものになっていたことに気づかされ、目頭を熱くさせながら、大きく頭を肯けるヨハンだった。

二

「ポーシャ！　こっちにもたくさん紅芋《くれないいも》が掘り上がっておるぞ！　さあ、どんどん拾い集めて袋に詰めていっておくれ！」

と、スコップで畑の泥を掘り起こしているコゼフが、叫ぶように言った。

「はい！　すぐ行くわ！」

ポーシャが元気に答えて、大きな空の麻袋を手に、コゼフの方に駆け出し始めた。

その紅芋とは我々の世界でいう、いわゆるサツマイモによく似た品種のものだった。

ふと向こうを見れば、バロンもスコップを手にせっせと作業を進めていた。その傍らでジェーシャとアンヌの二人が腰を屈めて、バロンが掘り起こした紅芋を一つ一つ切り離して、泥を振り払って麻袋に詰め込んでいった。

「今年は例年よりも、野菜ばかりか紅芋もよく育ったねえ」

ジェーシャが言うと、バロンが軽快にスコップを動かしながら、

「ほどほどに雨も降り、天候に恵まれたのが幸いだった。これならば年末の税に納めてもまだ、かなり手元に残るはずだ」

「どうやら楽しい新年が迎えられそうだね」

と、ジェーシャは言うと、アンヌの方に振り返り、

「おまえとポーシャにも、お腹いっぱい食べさせて上げるからね」

それに応えるかのように、アンヌが笑顔で肯いた。

部落の敷地の奥に広がる田園。——春から秋にかけての時期は、現在、労役に駆り出されている大人たちが中心となって稲作が行われていたが、そこはすっかり枯れ果て、寂れた光景になっていた。その隣には畦道《あぜみち》によって仕切られた畑があり、そこでは野菜や紅芋の栽培が行われ、彼らはその収穫を行っていたのである。しかしながらその大半は税として収めるものであり、彼らが得られるのは極わずかだった。豊作の時はそれなりに量も増えるが、不作ならば一

切手元に残らない時もあり、幸いにも今年の豊作に、彼らは、ひとしおの喜びを感じていたのである。一方、稲作においては、特に米は神聖な食物とされており、自ら栽培しながらも、彼らが口にすることは一切禁じられていた。そのため粟《あわ》や稗《ひえ》などの穀物、そして野菜ばかりでなく、そこら辺に蔓延《はびこ》る雑草に近いような植物まで主食にしている彼らにとって、その紅芋こそが最大のご馳走だったのである。

畦道には二台の荷車が並んでいて、それぞれの荷台には、紅芋の詰まった、たくさんの麻袋が積み重ねられていた。これからポーシャとアンヌの二人で、そのうちの一台を集会所の納屋へ運ぶことになっていた。収穫物は、そこで一時保管されるのである。

「私たちはこれを運びがてら、お先に失礼するわ！」

出発の準備を済ませたポーシャが、まだ畑で作業を続けている大人たちに向かって、畦道から叫ぶように言った。

「よろしく頼んだぞ！」

と、コゼフが振り返り、声を張り上げた。ジェーシャとバロンも遠くから笑顔で二人を見送っていた。

ポーシャとアンヌの畑仕事の役目はそれで終わるが、続いて、いつものようにマリーヌの手伝いが待っていたのである。

穏やかな陽射しが降りそそぎ、真冬のわりには、暖かい陽気の午後だった。ポーシャが前で荷車を引き、アンヌが後ろから押して畦道をゆっくり進んで行った。途中、同じ農作業をしている別の集団がいて、ポーシャとアンヌに向かって、しきりに手を振っていた。二人も笑みを振り撒きながら手を振り返した。

まもなく田園地帯を抜け、家々が建ち並ぶ通りに入ろうとしていた時、遠くからこっちに向かって、まっしぐらに駆けて来る、十歳ぐらいと思える三人の少年たちの姿があった。そのうちの一人が、ルーブルであることに、ポーシャは気づくと、

「まあ、ルーブルたちだわ！　一体、どうしたのかしら？」

と、ポーシャは思わず荷車を止めて、立ち竦《すく》んだ。

彼らは、ポーシャたちが農作業を行っているのを知っていたから、やって来たようであるが、本来、集会所で、ヨハンから読み書きの授業を受けている時間のはず。なのに、なぜ突然、ここへ来たのか、ポーシャは不思議に思ったのである。

「お姉ちゃん！」

と、ルーブルが叫び、さらに走る速度を上げた。他の二人も必死で彼を追いかけた。何やらひどく慌てているのは明らかだった。

やがて彼らは傍らへやって来ると、

「あなたたち、読み書きの授業はどうしたの？」

と、ポーシャが訊くと、

「そ、それが……大変なんだ……！」と、ルーブルが息を切らしながら、

「ヨハンが……役人たちに連れて行かれちゃったんだ！」

「何ですって！」

ポーシャは声を張り上げた。

「読み書きを教わってたら……いきなり教室に入って来て……無理やりヨハン先生を……！」

と、ひょろりとした体型の少年も息を切らしながら言うと、そして、色白で気弱そうな少年が、今にも泣き出しそうな顔で、

「ヨハン先生が素直に従わないと……ムチで叩いたりするんだ！　――だから、ヨハン先生も仕方なかったんだ！」

「まあ、何てひどいことを……！」

と、アンヌが哀しそうな面持ちで言った。

「ともかく私たちが行くわ！　代わりにみんなで、この荷車を集会所の納屋までお願いするわ！」

と、ポーシャは言い残すと一目散に駆け出した。すかさずアンヌも後に続いた。

二人が集会所に着いてみると、玄関の前で、うずくまって泣きじゃくっている、大勢の少年少女の姿があった。ヨハンが連れて行かれてしまった悲しさ、そして横暴な役人たちの恐怖にすっかり怯えきっている様子だった。騒ぎで駆けつけて来た大人たちが、しきりに彼らを励ま

していた。

ポーシャは、そこにジオンの姿を見つけ、足早に歩み寄って行くと、

「ジオンさん、ヨハンが役人たちに連れて行かれたと聞き、駆けつけて来たのですが……」

ジオンは振り向くと、自ずと視線が落ちて、

「――何とも痛ましいことになってしまった。彼の事情や経緯を説明したが、役人たちには一切聞き入れてもらえなかった。記憶とアイズカラーを失い、身分を証明する手立てもなく……結局彼は、労役を逃れた不届き者として捕らえられ、有無を言わさず、連れて行かれてしまったのだ。――部落頭でありながら、何の力にもなれず、大変申し訳ない」

と、ポーシャに向かって頭を下げるのだった。

「ジオンさんのせいじゃないわ――どうぞ、頭をお上げ下さい」

ポーシャは、優しくジオンを促すが、彼女自身、決して穏やかではいられなくなっていた。近い将来、ヨハンの身に災いが降りかかるかもしれないと、祈禱師は予言していた。それが、まさに現実のものとなってしまったからである。これからヨハンは、警備局で過酷な尋問を受け、その後、厳しく罰せられることになるのだろう。――果たして今後、彼はどうなってしまうのか？　もうこの部落に、二度と戻って来ることはないのだろうか？　――ポーシャの胸に、不安が込み上げてきた。たとえ、どのような災いが降り掛かろうとも、その苦難を分かち合い、共に乗り切る覚悟を決めていたが、このような事態になってしまっては、もはや彼女には、ど

うすることもできなかった。この部落を旅立とうと決意した彼を引き止めたことに、ひどく後悔していた。

「まもなくマリーヌ先生がやって来るわ！　彼女なら、この危機をきっと何とかしてくれるわ！」

と、落胆しきったポーシャを勇気づけようと、アンヌが言った。

確かに警備局に捕らえられたコゼフを救ってくれたのも、マリーヌだった。だが、これまで彼女には苦労のかけ通しであり、これ以上、負担を強いるわけにはいかないと思いつつも……頼れる人物は、彼女をおいて他にいるはずもなかった。――やるせなさに耐えながら、唇を強く噛みしめて、ポーシャは静かに頭を肯けた。


マリーヌがオリオンに騎乗して、集会所を目指して部落の通りを駆けていると、やがて正面から、二頭立ての警備局の馬車が近づいて来た。

「おい！　待て……！」

すれ違いざまに、馬車から張り上げる役人の声が響いて来た。無論、マリーヌは無視して素通りするつもりだったが、チラリと目をやった瞬間……そうするわけにもいかなくなった。後部座席に、その役人と肩を並べて、ヨハンの姿を確認したからだ。

マリーヌは咄嗟《とっさ》に手綱を引いてオリオンを止めると、すぐさま方向転換させて馬車の方に歩

ませると、担当の役人が馬車から出て来て、

「さっさと馬から降りろ！」

と、マリーヌを怒鳴りつけた。頭上から見下ろされていることを大変不快に感じている様子だった。

「あなたに言われなくても、そうするわよ」

と、マリーヌは素っ気なく言うと、すかさずオリオンの背から降りて、

「突然、この私を呼び止めて、一体どのような用件がおありかしら？」

「以前見かけたときから怪しいとは思っていたが――おまえが、ここで医療活動を行っていることは、我々はすでに承知済みだ！　ここに暮らす者たちに薬を与えるなど、医師まがいの行為をするとは、不届き者め！」

と、役人は鋭い眼で、マリーヌを見据えながら言った。

「私は正真正銘の医師よ。まがい者呼ばれされる筋合いなどないわ」

「ふざけたことを言うな！　医師のような高貴な人物が、こんな所など訪れるはずがない！」

すると馬車を操っていた、もう一人の上背のある若い役人も、馬車から出て来て、

「どうせ、頭のいかれた平民といったところだろう！　それにしても馬に跨《またが》りやって来るとは、こしゃくな女だ！」

と、マリーヌを罵《ののし》るように言った。

彼らはお互いに口ひげを蓄え、共に浅黒い顔をしており、まさに地で悪役コンビがいけそうな容姿だった。

「――別に、あなた方に信じてもらえなくとも、私は構わないけど……」

マリーヌは、彼らの相手をするのさえ面倒になり始めて、溜め息まじりに言った。――しかし本題を切り出すためにも、気を取り直して、

「ところで馬車に乗っている男の方だけど……なぜ連行されてゆくのか、私はその訳を知りたいわ」

手かせを掛けられ、座席に縛り付けられ、ヨハンは何とも哀れな姿だった。しかし彼は無言のままじっと眼を閉じて、堂々とした姿で腰を落ち着けていた。

「そんなことなど、おまえの知ったことか！」

と、担当の役人は、マリーヌの言葉に応える素振りもなく、

「ともかく、いいから、馬車に乗れ！　直ちに警備局へ連行し、徹底的に取り調べて、おまえの素性を暴いてやる！」

と、怒鳴り付けるように言った。

「お断りするわ！　あなた方に連行される道理などないわ！」

マリーヌはきっぱりと言い放った。

「我々の命令に従わぬなら、こうなることを思い知れ……！」

担当の役人は、腰のベルトから皮紐の付いた警棒を素早く抜き去った。——次の瞬間、マリーヌの左肩に痺《しび》れるような衝撃が走った。不意をつく、鞭《むち》の一撃を浴びせつけられたのである。

「——何という乱暴な！」

痛みが、じわじわと襲ってきて、マリーヌは右手で左肩を押さえ、苦痛に顔を歪ませながらも、役人の顔をグッと睨み付けながら言った。

そして役人が、もう一撃浴びせようと、身構えた時だった。

「やめろ！　やめないか！」

ヨハンが思わず叫んでいた。

「えーい！　黙れ！」

若い役人が駆け寄り、身動きの取れない身体に容赦なくムチを打ちすえた。ヨハンは歯を食いしばり必死に耐えていた。

その惨忍な光景に、ついにマリーヌも我慢の限度を超えて、

「あなた方はそれでも血の通った人間ですか！　恥を知りなさい！」

と、役人たちに向かって一喝した。

しかし、そのマリーヌの言葉に、役人たちは、ますます怒りを募らせるばかりであり、

「こうなれば仕方ない！　今ここでおまえを呪縛にかけてしまおうか！」

担当の役人がマリーヌを見据えながら言うと、突如、役人たちは眼を光らせた。その色は藍

色で、第五等位のアイズカラーだった。彼らは今にもマリーヌに向けて、その光を放とうとする勢いになっていた。

しかし、そんな彼らの威嚇《いかく》にも、マリーヌは決して怯《ひる》むことなく、

「今度はこの私にアイレーザーを浴びせようって気ね！　そんなことをすれば、逆にあなた方のほうが呪縛にかかってしまうわよ！　嘘だと思うなら、ためしてごらんなさい！」

そのマリーヌの毅然とした姿に、逆に役人たちの方が思わず怯んでしまうほどだった。

すでに述べたことであるが、アイズカラーを所持する者の眼からは、レーザー光線のような光を放つことができ、それをアイレーザーと呼んだ。高位の者が下位の者に向けて放てば、それを浴びた下位の者は、その場で呪縛にかかってしまい、逆に下位の者が高位の者に向けて放てば、自らに跳ね返り、下位の者が呪縛にかかってしまうのである。すなわちマリーヌは、自らが携えているアイズカラーの方が、彼らよりも高位であることをほのめかしていたのだ。

いつしか辺りは、不穏なる空気に包まれていた。

と、その時……それをかき消すかのように、

「――神聖なる祈禱の最中だというのに、何とやかましいことか……！」

と、どこからか声がしてきたかと思うと……通りに面した近くの民家から、派手な装束に身を包んだ、肥えた体格の人物が姿を現した。あの祈禱師の男だった。

役人たちは彼の姿に気づくと、すぐさまアイズカラーを静めて、本来の眼に戻り、

「これは男爵様……取り込み中のところ、申し訳ございません」

と、とってつけたように、男に向かって頭を下げた。

役人たちは、その祈禱師の男を男爵様と呼称することから、どうやら、お互い顔見知りのようであり、しかも携えているアイズカラーが、彼の方が二階級上であるのだから、役人たちが敬意を表するのは当然だった。

「役人どもよ。眼など光らせているとは……ずいぶん穏やかではないな」

と言いながら、祈禱師は悠然たる姿で歩み寄ってきた。

マリーヌは彼の方に振り返ると、みるみるうちに眼が大きくなり始めて、

「――あなた、オルガルでは……！」

と、思わず声を張り上げていた。

実は、その男。現在、知事を務める父親の側近を務めていて、マリーヌも、よく知る人物であり、男爵の爵位にあったのだ。それが艶《あで》やかな衣装と、顎《あご》に付け髭までして変装し、このような場所で遭遇するとは、思いもよらず、しかも彼が、噂に聞いた祈禱師と呼ばれる人物であることを知り、彼女が驚くのも無理はなかった。

それは、彼にとっても同様であり、

「マ、マリーヌお嬢様……！」

と、オルガルは眼を大きく見開いて、マリーヌを見つめるばかりになっていた。

「男爵様……。この女をご存知なのですか？」

と、担当の役人が訊くと、すかさずオルガルは表情を引き締めて、

「これ！　この女とは、何と失礼なことを言うのだ！　――知事を務めるアンドレオール伯爵様のお嬢様であるのだぞ！」

と、叱りつけるように言うのだった。

「な、何と……！」

「まさか……！」

役人たちは、あっけに取られて、思わず立ち竦んでしまった。先ほど鞭による一撃を浴びせているだけに、尚更気まずくなってもいた。

ちなみにアンドレオール伯爵は、第二等位の黄色のアイズカラーを所持し、よってマリーヌも、その父親と同色のアイズカラーを遺伝的に受け継いでいたのである。

「私がどこの誰であろうと関係ないわ。馬車にいる男の方を解放してもらえれば、それで私は結構よ」

マリーヌは落ち着き払った口調で言った。無論、父の威を借りる気など毛頭なかったのである。

「すぐに、お嬢様のお望み通りにいたすのだ！」

と、オルガルが命じるように言うと、担当の役人は、戸惑った顔つきになって、

「――ですが、男爵様……」

と、さらに何か言おうとするが、それを遮《さえぎ》るように、オルガルはすぐに口を開いて、

「つべこべ言わず、さっさと、そうするのだ！」

と、声を高めながら言った。それは、どこか慌てた様子であり、マリーヌには、どことなく不自然に感じられた。

役人たちは、オルガルの指示に速やかに従った。そして、すかさず馬車に乗り込み、その場から立ち去って行くのだった。

するとオルガルは振り返り、改まった様子で、

「あのう……お嬢様に一つ申し上げておきますが……ここは決してお嬢様のようなお方が訪ねるような場所ではございません。お父様がお知りになれば、お怒りになられるどころか、さぞ、嘆き悲しまれることでございましょう」

「そう言うあなたこそ、なぜ、ここでこのような行動をしているのか、私は不思議に思うばかりだわ。――だけど、あえて、それは訊かないでおいてあげるので、くれぐれも私のことは、父には内緒よ。いいわね……？」

「あいにくですが……それは、もう無理でございましょう。お父様は、かつて警備局の局長をなされていたお方でございます。役人たちに正体を知られたからには、お耳にされるのは、時間の問題かと思われますが……」

「――ならば、仕方ないわね」

マリーヌの口から思わず息が零れた。

「お嬢様……私は只今取り込み中ですので、これで失礼させて頂きます」

オルガルはマリーヌに向かって会釈をすると、すぐさま身を翻し、先ほど現れた民家に向かって歩き始めた。その彼の後ろ姿をマリーヌは訝しげな顔つきで見守っていた。父親の側近でありながら、なぜ彼はそのような行動をしているのか、その謎を探り出そうと思案し始めていたのである。

「父親が知事であるほど……あなたが、それほど高貴な方とは知らなかった。今後はこの私も、あなたに一目置かなくてはならないようだ」

と、話しかけながら、ヨハンがマリーヌの傍らに歩み寄ってきた。

マリーヌはおもむろに振り向いて、

「父は父。私は私なので……そんなのは、どうでもいいことよ。とにかく私は、今まで通りのあなたでいてもらいたいわ」

「今回ばかりでなく……これまで私は、どれほどあなたに救われてきたことだろうか。その感謝の気持ちを込めて――せめて今後は、あなたを〝マリーヌ様〟と……そう呼ばせてもらおう」

「――どうぞ、お好きなようになさい」

マリーヌは肩をすくめて見せた。

「あの祈禱師の男は、毎年この時期になると、ここに暮らす人たちに、祈禱を授けに訪れているそうだが、あなたの面識ある人物とは意外だった」

するとマリーヌは顔を引き締めて、

「彼はこの部落の人たちが、来世に幸せに生まれ変われるよう願い、祈禱を捧げているようだけど……そんなのは、偽善行為に過ぎないわ！　彼は完全なるペテン師よ！」

と、強い口調で言うのだった。

「何だって！」と、ヨハンは驚いて、

「そう断言する根拠を教えてほしい」

「実は、彼は私の父の側近を務める人物であるの。――それなのに、自らには人の前世を見通せる能力があると言って、祈禱師を名乗り、しかも国王様の側に仕えていると、皆を信じ込ませてもいるわ。彼の正体を知る私に、そんな嘘など通用しない」

「――ここに暮らす人たちは皆、前世に犯した罪の報いから、アイズカラーを授かることなく、現世に生を受け、その罪を償うために、苦境の生涯を歩んで行かねばならないのだと……そうポーシャの一家は私に打ち明けてくれたが――つまり、それもすべて、彼の虚偽を真に受けてしまっているからなのか……？」

「ええ、間違いないわ」

「彼のいかさまなる見立てに、部落中の誰もが騙《だま》されてしまっているのよ」

ヨハンは怪訝そうな顔つきで、

「――だが……それほど高い身分でありながら、彼は一体、どのような目的で、そのような行為に及んでるのだろうか？」

「それにつけ込み、過酷な税や労役……さらには、さまざまな社会的な制約が課されて当然と、彼らに思わせるために仕組まれたものと……きっと、そうよ」

「それが事実であるなら、何と痛ましいことなのか……」

と、ヨハンは胸が締め付けられるような思いで言うが、その時、ふと先日の出来事を思い出して、

「そう言えば、この私も自らの正体を探り出す手掛かりとして、彼に前世というものを見てもらったのだが……そもそも私が記憶とアイズカラーを失ったのは、前世に悪行を積み重ねてきた報いが、今になって表れたものだと彼は言っていた。しかも今後、新たなる災いが私の身に降りかかり、ここに居座り続ければ、身の回りにいる者たちを巻き込んでしまうかもしれないと忠告していたのだ。今回、私が役人たちに捕えられ、あなたが巻き添えになりかけたのも、てっきり、その予言通りになってしまったからのかと思ったが、それが単なる偶然であるなら――一体、どのようなもくろみがあったのだろうか？」

そのヨハンの言葉に、マリーヌは何か閃いた顔つきになって、

「そうね。役人たちが突然、あなたと私を捕らえにきたのは、決して偶然ではないはずよ！それも、きっと彼が仕組んだことなんだわ！」

「——つまり、彼と役人たちはグルであると……そうあなたは考えるのだな？」

「その通りよ！」と、マリーヌは大きく肯くと、

「祈禱を授けに、各家庭を回っている時、私たちの存在に気づいた彼は、外部から孤立した彼らが、医療を授かり、読み書きを学ぶことから、さまざまな知識や教養を身に付けていくことに脅威を覚えたんだわ。——すなわち、それをきっかけに、自らの虚偽が発覚しかねないと感じ取り……そこで私たちをここから直ちに排除しようと、役人たちに依頼したんだわ。思い起こせば、役人たちが立ち去る間際、彼らのやりとりは何か不自然な様子だったもの。それがはっきり物語っているわ」

「確かに……あなたの言うことはもっともかもしれない。——それにしても何とも鋭い洞察力なのだ！」

ヨハンは感心した顔つきで言った。

「彼にとって、一つ誤算だったのは、そのうちの一人が、彼の正体を知る、この私だったことでしょうね。——とにかく今は、このまま彼を泳がせておくけど、近いうちに必ず真相を突き止めてみせるわ！」

と、マリーヌは決意を固めるのだった。

それ以上、触れはしなかったが、マリーヌには、それが彼の意図による、単独の行動とは思えなかった。背後に、誰かしら黒幕が存在するのではと感じていた。そこで、やはり気になる

のは、彼が知事を務める父の側近であるということだ。マリーヌにとって、誰よりも信頼のおける父だった。その父が関与していることなどありえないと思いながらも、しかし否定はできず……彼女の心には人知れず不安が募り始めていた。

ヨハンは、思案する面持ちで、

「――そうなると、役人たちは隙を見計らい、再びこの私を捕らえに来るだろう。私自身は、どうなろうと構わないが……そうなれば、私を住まわせてくれているポーシャの一家に、危害が及ぶことになる。何しろ彼らは、私を家族の一員と見なしてくれているくらいだ。役人たちに問われても、その思いを曲げることはないだろう。家族を匿《かくま》った罪で、彼らが厳しく罰せられることだけは、何としても避けねばならない。――やはり明朝……私はこの地を去るとしよう」

と、ついに決心するのだった。

「だけど……記憶を失い、行くあてもないあなたが、今後、どうするつもりかしら？」

「街中へ出向き……まずは何か仕事を見つけるとしよう。――そこで得られる賃金を……あなたに役立ててもらえるならと願うのだ」

マリーヌは不思議そうな顔つきで、

「――さて……それは、どういう意味かしら？」

「あなたは医師として、この部落の人たちのために全身全霊を捧げている。その苦労や負担が、どれほど大きなものか、私にはよくわかっている。――以前のあなたの身には、いくつもの装飾品が艶やかに光り輝いていた。それが……いつしか胸からペンダントが消え、やがて腕のブレスレットも消えた。そして今、ふと見てみれば、指のリングもなくなっている。それが、なぜなのか、私にはわかる。——皆に授ける薬の費用など、医療の奉仕における代償であることを……」

「——あなたこそ、鋭い洞察力ね……」

マリーヌは苦々しく微笑んで見せるが、すぐに気を取り直して、真剣な眼差しでヨハンを見つめながら、

「街中で仕事を探すといっても、アイズカラーを失い、身分を証明する手立てのないあなたが、そう簡単に見つけ出せるものではないわ」

「まともに賃金がもらえるなら、どのような仕事であろうと選り好みはしない。足を棒にしてでも、必ず見つけ出してみせるさ！」

ヨハンは意気込んで見せるが、現実はそう甘いものではなかった。街中には無法者も少なからず存在し、アイズカラーを所持せぬ厳しい条件の中、無理に仕事を見つけ出そうとする余り、彼らの誘いに乗り、知らずして犯罪に関わるような仕事に就いてしまう危険さえあった。それを懸念したマリーヌが、ふと閃いたのは、

「——それならば、私の家に来てみてはどうかしら？　うちにはオリオンの他に、ベガとアルタイルという二頭の馬がいるわ。つい先日、世話係の方が、やめてしまい、ちょうど人を探し

てたところなの。その馬番のお仕事でよければ……是非、あなたにお願いしたいわ」

思いがけない彼女の提案に、ヨハンは眼を輝かせながら、

「それは、非常に有難い！　是非、喜んで引き受けさせてもらおう！」

と、快く受け入れたのだった。

「よかったわ！」と、マリーヌは笑顔で言うと、真面目な顔つきになって、

「そのお給金は、今のあなたの身の上を思えば、それは今後のあなた自身のために蓄えておくといいわ。私を思いやるあなたの気持ちは、大変嬉しく心に受け止めておくけど――私を案ずるなら……今は自分自身のことでも案じてらっしゃい」

と言い残すと、ヨハンが返答する間もなく、すかさず背後にいるオリオンの方に、クルリと背を向けた。

さりげない優しさを秘めた、彼女の言葉に感銘し、ヨハンは立ち竦んでいた。

「今頃集会所では、皆があなたのことを気にかけているはずだわ。無事であることを一刻も早くわかってもらうためにも、この私がオリオンであなたを送って差し上げるわ」

マリーヌがオリオンの背に乗ろうとすると、ヨハンがそれを遮るように、

「それならば是非……この私に、あなたを送らせてはもらえないか？」

「えっ！」と、マリーヌは驚いた顔つきで振り返り、

「――まさか、このオリオンを……あなた自身で、操《あやつ》ろうって気かしら……？」

するとヨハンは、オリオンの姿をまじまじと見つめながら、

「見るからに立派な馬だ！　——実は、前々から、このオリオンという馬を一度、自らの手で操ってみたいと思っていたのだ」

「気軽に言うけど、乗馬は決して容易《たやす》くないわ。かなりの訓練を要するものよ。それにオリオンは、とても気性が荒く——私以外の者が乗ったら、どれほど乗馬に手慣れていても、たちどころに振り落とされてしまうわ」

マリーヌは思い止まらせようと説得するが、

「なあに、大丈夫さ。きっと、うまく乗りこなしてみせるさ。なぜかわからぬが、そんな気がしてならないのだ」

ヨハンはあたかも自信たっぷりの顔つきで言うのだった。

「——そこまで言うなら仕方ないわね。一度試してごらんなさい」

と、マリーヌは諦めかけたように言うと、

「くれぐれも振り落とされて怪我をして、再びこの私に手を焼かせるのだけは勘弁してちょうだい」

と、皮肉を込めながらも、ともかくヨハンの願いを聞き入れたのだった。

ヨハンがオリオンの背に跳び乗ると、案の定、オリオンはすこぶる驚いて、上半身をのけ反らして前足をばたつかせたり、後方の足を蹴り上げたりと、激しく暴れ出し始めた。だが、ヨ

ハンは振り落とされることなく、しっかり手綱を握り締めて、器用に身体のバランスを保ちながら、

「ハーイ！……ドウドウドウ！　ハーイ！……ドウドウドウ！……」

と、掛け声を発して、あやし続けると、次第にオリオンは落ち着きを取り戻して来るのだった。

「——ヤーッ！」

ヨハンの気合いの入った掛け声と共に、オリオンは通りを疾走し始めた。そして彼方で旋回して、その操る姿は華麗であった。

マリーヌは眼を見張った。その手綱さばきは、実に見事なものであり、到底、自らの比ではなかった。そのヨハンという人物が、ただ者でないように感じられるばかりか、何か大きな謎を秘めているように思えても来るのだった。

ヨハンはマリーヌの傍らで、手綱を引いてオリオンを止めると、

「オリオンは、もう、この私にすっかり懐いてくれたようだ。——それではマリーヌ様！　あなたを集会所までご案内しよう！」

「——まったく、身勝手な人ね……」

マリーヌは微笑を浮かべて見せると、差し出されたヨハンの手に引かれて、彼の背後に跳び乗った。そして小春日和の陽光の中、二人を背に、オリオンは軽快に通りを駆けて行くのだった。

部落での診察を済ませて、再び自らが勤める病院に戻って本来の仕事をこなし、その日マリーヌが帰宅したのは、日付も変わろうとしていた夜も遅い時間だった。

マリーヌが玄関を入り、診察鞄を手にリビングへ足を運んでみると、父親のアンドレオール伯爵が厚手のガウンに身を包み、ブランデーの入ったグラスを片手に、ソファーに身を沈め座っていた。普段なら床に就いている時間帯だが、今晩に限ってこうして起きていること自体、やはり彼女の帰りを待ち続けていたのは明らかであり、事情も予測できるだけに、マリーヌの身体に重苦しい空気が圧しかかって来た。

「お父様、まだ起きていらしたの」

マリーヌはさりげなく声をかけてみた。

「マリーヌ、今日もずいぶん帰りが遅いではないか」

と、伯爵は彼女の方に眼をくれることもなく、手の中のグラスを見つめながら言った。

絨毯の敷き詰められた広い部屋。壁には高価な絵画が飾られ、奥には二階へ通じるラセン階段があり、屋敷と呼ぶに相応しい豪華な造りだ。壁際にはレンガ造りの大きな暖炉があり、めらめらと燃えるオレンジ色の炎に染められて、うつむき加減の彼の横顔が揺らいで見えた。としの頃は五十も半ばといったところか。知事を務めるに相応しい威厳ある風ぼうを漂わせていた。その表情は険しく、マリーヌにはそれが一層気味悪く思えた。

「毎日、目が回るほど忙しくて……医師という職業だけに仕方ないことだわ」

と言い残すとマリーヌは、自室のある二階へ向かおうと、階段の方に足を進めた。その場からすぐに立ち去りたいという思いが、ありありと表れていた。

「待ちなさい。おまえにちょっと話がある」

伯爵は振り返り、マリーヌを呼び止めるが、彼女は立ち止まることなく、

「ごめんなさい。今日はとても疲れてるの。話なら後日にしてもらいたいわ」

と、素っ気ない口調で言った。

そんなマリーヌの態度に業を煮やした伯爵は、手のグラスをテーブルに叩きつけるように置くと、すばやく立ち上がって、

「こうして私は寝ずにおまえを待ち続けていたのだ！　それほど大事な話であるということがわからんのか！」

と、マリーヌを怒鳴りつけた。

ポーシャ同様、マリーヌは幼い頃に母親を病気で亡くし、その後、父親は再婚することなく、一人娘の彼女を男手ひとつで、手塩にかけて育て上げて来たのである。普段から厳格な一面はあったが、怒りを露わにすることなど、滅多になく、そうなるとマリーヌも、素直に従わざるを得なかった。

「わかったわ、お父様。どうか気をお静めになって……」

マリーヌは階段の上り口の傍らに診察鞄を置くと、渋々身を翻し戻って、テーブル越しのソ

ファーに腰を下ろした。

伯爵も再びソファーに腰を落ち着けると、鋭い眼差しをマリーヌに向けながら、

「マリーヌ、正直に答えるのだ。今日私は、おまえが、アイズカラーを持たぬ者たちが暮らす〝紅の里〟の部落を頻繁に訪れ、医療活動を行っているという話を耳にした。それは事実なのか？」

「ええ、まさしく本当のことよ」

「おまえは一体何を考えているのだ！　そのような行動に走るおまえの意図というものが、私にはとても理解できん！」

と、伯爵は声を高めながら言った。

「たとえアイズカラーを持たなくとも、彼らもこの世界に同じ生を受けた人間よ。幸せを求める権利もあれば、病を克服し、健康であり続ける権利だってあるはずだわ。街中には医療に携わる者が大勢いるけど、彼らに奉仕してくれる者は誰一人としていない。——だから、この私が率先して行ってるまでのことよ」

マリーヌは自らの思いを率直に打ち明けたが、すんなり納得してくれるはずもなく、伯爵は呆れ果てた顔つきになって、

「自分の立場というものをよく考えてみるのだ。それが一体、おまえにとって、どのような功徳になるというのだ」

「自らの功徳なんて何も望みはしないわ。医療とは、身分や階級に関わらず、万民に平等に授

けられなくてはならないもの。――それこそが自らが考える医師の信念であり、私はそれをまっとうしようと決意したのよ」

マリーヌは真剣な眼差しで、伯爵を見つめながら言った。

すると伯爵は、残り少なくなったグラスのブランデーを一気に飲み干して気を取り直すと、冷静な顔つきでマリーヌを見つめながら、

「いいか、マリーヌ。何もあの者たちにへたな情けなどかけてやる必要はない。そもそも彼らがアイズカラーを授かることなく現世に生を受けたのは、前世に悪行を積み重ねてきた報いなのだ。すなわち生涯の苦境こそが、彼らの現世の定め。それを自らの力で克服してこそ、前世の罪は償われ、後世における希望の光が見えて来るのだ」

「まるで、お父様ご自身が、人の前世を見通せるような言い方ね……」

と、マリーヌが冷ややかな眼差しで、伯爵を見つめながら言った瞬間、思わず自らの口を突いて出た〝前世を見通せる〟という言葉に、ふと彼女は、本日部落でオルガル男爵に遭遇したことを思い出して、

「――ところでお父様に一つ伺いたいことがあるわ。今日、そこでオルガルに出会ったわ。それが奇妙な装束を身に付け、付け髭まで蓄えては、祈禱師を名乗り、部落の人たちにお祓いを捧げていたのは、一体どういうことかしら？」

「ほう、あの男までもが、そのような場所に出没していたとは意外だった」

「彼はお父様の側近ではありませんか。それなのに普段の行動を存じてないというのも、おかしな話だわ」

マリーヌには納得いくはずもなく、

「とにかく彼は、そこで人の前世を見通せると語り、お父様ですら謁見が叶わぬ国王様の側に仕えていると、皆を信じ込ませていることは事実よ。そんなペテンにかける行為など、決して許されるものではないわ」

「それが事実であるなら、確かにおまえの言う通りだ。――その件については、後ほどオルガルを問い質《ただ》してみるとしよう」

伯爵は顔色を変えることなく、妙に落ち着き払った口調で言った。その話題からすぐに切り抜けたいという思いが、伝わって来るようであり、いかにも不自然であった。

そこで彼女は、思い切って、

「つかぬことを訊くようだけど……彼を部落に遣わし、そう振る舞うように命じているのは――実は、お父様ご自身ではないかしら？」

と、単刀直入に尋ねてみるのだった。

「いきなり、何を言い出すかと思えば、根も葉もないことを……」

伯爵は苦々しい笑みを浮かべながら言った。その顔は引きつり、それが図星であるかのような様相を感じ取ったマリーヌは、

「どうやら、事実のようね。お父様の顔にちゃんと書いてありますもの」

「いい加減にしないか、マリーヌ！　おまえをいさめようとする私の話をオルガルのことではぐらかそうとは、けしからん！」

伯爵は態度を急変させ、マリーヌを怒鳴りつけた。

「そうムキになるところが、その証だわ。たとえ、どのような事情があろうと、今日ほどお父様に失望した日はないわ！　――はっきり言って、お父様には知事を務める資格などないわ！　すぐにでもお辞めになるべきよ！」

マリーヌは伯爵に軽蔑の眼差しを向けながら、強い口調で言った。

「黙れ、マリーヌ！」

彼女の大胆な発言に、ついに伯爵はぶち切れ、テーブルのグラスを思いっきり手で振り払うと、勢いよくソファーから立ち上がった。暖炉の側壁にぶつかり、グラスが木端微塵に砕け散り、床一面に散乱していた。

「父親である私をそこまで侮辱するとは、我が娘であろうと許さん！」

と、仁王立ちしながら言う伯爵の眼は血走っていた。自らの職務に対するプライドを傷つけられ、怒り心頭に発してしまったのである。

するとマリーヌも怯むことなく、すぐさまソファーから立ち上がると、

「この際だから何もかも言わせてもらうわ！」と、溢れ出す涙に眼を赤く染めながら、

「生まれながらにアイズカラーを携えていない。ただ、それだけの理由で、彼らは過酷な税や労役まで強いられ、日々の食事さえ困難なほどの苦境の最中にあるわ。そんな彼らに世間の誰もが救いの手を差し伸べず、蔑《さげす》むばかりなのは、前世の悪行の報いとみなすからであり、それは、か弱き者たちを踏み台にして、そこから、さらなる豊かさを求めようとする、権力ある者たちの身勝手な想像に過ぎないものを——それをお父様までもが真に受けてしまっているばかりに、本来知事としてあるべき姿を見失っているんだわ。その証としてお父様は、彼らにとって唯一の食料の宝庫とされていた紅の山まで自らの権力を行使して奪い取ってしまった。いくら街の事業開発を推し進めていく目的があるにせよ、まるで彼らの存在を無視したようなやり方に、私はひどく心を痛めているのよ！」

と、マリーヌは自らの思いを洗いざらいぶちまけるのだった。

「私の職務に対して、おまえにとやかく言われる筋合いはない！　第一、そんな権利が、おまえのどこにある！」

「それは私の医療活動においても同じことだわ！　近々、現在勤めている病院を辞め、今後は紅の里での医療活動だけに専念していくことを今、私はここに決意したわ！」

本来の病院での仕事と部落での医療活動を両立させていくことに、もはやマリーヌは体力、気力ともに限界を感じていた。そこで前者を退き、後者だけに心掛けようかと心の片隅で思い悩んでいたのである。それを決めあぐねていた理由として、これまで自らを男手一つで育て上げ、自らが希望する医学の世界へ、快く歩ませてくれた父親への配慮があったことは歪めぬ事実だった。将来は彼が望む、世間から高く評価される立派な医師になろうと、いわゆる優れた医療の知識や技術を身に付けることに専念し、期待に応えようと努力し続けてきたが、しかし医師に必要なものは、そればかりではないことを悟った現在——自らが抱く医師の信念を貫くためにも、この度の父親に対する激しい反感をきっかけに、今ようやくそれが吹っ切れて、ついにマリーヌは決意を固めたのである。

「何を愚かなことを……。私への当てつけのつもりか」

伯爵はマリーヌの発言を信じようとはしなかった。

「私は、すこぶる本気よ！　ならば、今ここで、それを証明して見せるわ！」

と、マリーヌは足早に階段の方へ歩いていき、そして診察鞄から一枚の紙を取り出し、掲げて見せると、何とそれをいきなり彼の目の前で縦横無尽に引き裂き始めた。それは医療大臣から授かった、マリーヌが何よりも大切にしていたはずの医師の証書だった。

「おまえは正気なのか！」

伯爵は愕然となっていた。

「病院の勤務には必要であっても、紅の里での医療活動には、もうこのような物など不要だわ！今後は社会から孤立した彼ら同様、私も孤立した医師となり、医療の奉仕に心掛けていくことを宣言するわ！」

と言い残すと、すかさずマリーヌは身を翻して、階段の方へ歩み始めた。

伯爵は、ただ呆然と立ち竦むばかりで、さながら蠟《ろう》人形のような有り様になっていた。一度心に決めたことは、梃子《てこ》でも動かない頑固な性分の娘であるだけに、彼自身、もう成すすべはなかったのである。

再び部屋はひっそり静まり返っていた。床に散乱したマリーヌの医師の証書。伯爵の眼には、それらがまるで無残に散った花びらのように映っていた。

やがて伯爵はへたへたとソファーに崩れ落ちて、

「――何ということだ。我が娘の行く末は、一体どうなってしまうのだ……」

と、両手で頭を抱え込んでしまった。

医師の登竜門と称される、グレニズム医療大学院を首席で卒業したマリーヌ。前途有望な医師として周囲から寄せられる期待は大きく、もちろん伯爵自身も、将来は彼女が必ず大輪の花を咲かせてくれるものと信じていた。それが彼にとっての何よりの希望、そして誇りでもあったが――今ここに、すべてがついえ去ってしまったような気がしてならず、失意と絶望に打ちひしがれるばかりだったのである。

三

「お待ちどおさま。ホクホクでおいしい紅芋の出来上がりだよ」

と、ジェーシャが土間の方からやって来て、こんがり焼けた紅芋を山盛りにのせた大きな皿を卓袱台に置いた。ゆらゆらと立ち上る白い湯気。部屋中が味覚をそそる甘い紅芋の香りに包まれていった。

「まあ、何ていい香りかしら！」

「ほんと、とってもおいしそうだわ！」

と、肩を並べて座っているポーシャとアンヌが、皿の中を見つめながら歓喜の声を上げた。

「今年の紅芋は、実の大きさばかりか、色つやも例年とはまるで違う」

と、彼女たちの右手に座っているコゼフが言うと、彼の正面にいるバロンが声をうならせながら、

「うーん、この出来栄えなら、味も断然格別だろう」

するとジェーシャが土間を背に、ポーシャとアンヌの正面の場所に腰を落ち着けると、ふとカーテンの開いた寝床の方に眼をやりながら、

「おや、ルーブルはまだ目覚める様子はないようだね」

あどけない笑みを浮かべるようにしてルーブルは、寝床で心地よさそうに寝息をたてながら、すやすや眠っていた。

「寒空にかかわらず、今日は外で一日中、仲間たちとはしゃぎ回っておったからな。へとへと

に疲れたのだろう」

　と、コゼフが言うと、バロンが口を開いて、

「どうやら子供たちも、今日ぐらいは自由に羽をのばせたようだ」

「それにしても幸せそうな寝顔だね。今頃きっと、楽しい夢でも見てるんだろうね」

　と、遠目に見つめながら言うジェーシャの顔が、ほのぼのとした笑みに包まれていた。

「今起こしてしまうのは可哀そうな気がするな。ルーブルの分は残しておいて、わしらだけで先に頂くとしよう」

　と、コゼフが言うと、ジェーシャが肯いて、

「そうだね。あの子が目覚めたら、もう一度温めて上げるとしようね」

　本日は新年の初日。いわゆる元日であり、街中の家庭では豪華な料理や酒などを振る舞い、どこもかしこもが祝賀に盛り上がっていたが、その雰囲気とはかけ離れ、労役で大半の人々を欠いているこの部落では、せいぜい、こうして近所同士が集まって暮れに収穫した紅芋などを食べながら、ささやかな団欒を過ごすのが最高の贅沢であった。日の暮れかけた頃、ポーシャの家にも、ジェーシャ、アンヌ、そしてバロンといったお馴染みの顔ぶれが揃い、卓袱台を囲みながら、団欒に花を咲かせていたのである。

「まずはアンヌとポーシャ、二人から召し上がってごらんなさい。味はこのわしが保証しよう。どれを選んでもうまいはずだ」

と言うコゼフの顔は、自信に満ち溢れていた。

するとジェーシャが、ポーシャとアンヌそれぞれに布巾を手渡しながら、

「芯まで熱くなってるからね。これに包んで持って食べるんだよ。くれぐれも火傷しないように気をつけておくれ」

ポーシャとアンヌは、きちっと両手を合わせて食前に行う恒例の祈りを捧げると、熱々の紅芋を布に包んで手に取った。それでも、じわじわと手の平に熱さが伝わってきて、指先で皮をむくのも一苦労だったが、しかし早く口にしたいという一心から、そんなことなど気にならなかった。やがて鮮やかな黄色い実が露わになっても、しきりにフーフーと息を吹きかけて、ようやくほくほくの紅芋を口にすることができたのである。

「まあ、何というおいしさかしら！」

「こんな、おいしい紅芋を食べるのは生まれて初めてだわ！」

ポーシャとアンヌは眼を輝かせながら言った。その香ばしく柔らかい実の食感は、満足を通り越したほどの味覚だった。

「どうだ。やはり、わしの見立てに狂いはなかったろうが」

コゼフは満面に笑みを浮かべながら言った。二人の喜ぶ姿にいかにも上機嫌といったようだった。

「うまそうに食べてる二人の姿を見ていたら、こっちも待ちきれなくなってきたぞ」

と、バロンがテーブルに身を乗り出しながら言った。

「では、私たちも早速頂くとしようかね」

と、ジェーシャが言うと、大人たちも紅芋を口にし始めた。

すると美味しそうに食べていたはずのポーシャの動作がぴたりと止まり、手の中の紅芋を寂しそうに見つめるばかりになっていることに、ふとジェーシャは気づいて、

「ポーシャ、急にどうしてしまったんだい？」

「どこか、具合でも悪いの？」

アンヌが振り返り、心配そうに声をかけた。

「いいえ、違うわ」と、ポーシャは静かに頭を横に振ると、

「今頃ヨハンは、どうしているのかしら？――」

と感慨にふけるように言うのだった。

今やポーシャの一家にすっかり馴染み、家族も同然となっていたヨハン。彼が部落を去ってから、早くも一週間が過ぎた。ここで共に新年を迎え、こうして一緒に紅芋を食べることを心待ちにしていただけに、ふとポーシャの脳裏に、彼の姿が蘇って来たのである。

「ヨハンがいなくなって寂しく思うのは、何もおまえばかりじゃない……特に彼に読み書きを教わっていた子供たち皆が、そう感じてるはずだ」

コゼフが言った。

「もうヨハン先生に読み書きを教えてもらえないのかと思うと……もちろん私だって、たまらなく残念でならないわ」

アンヌが言うと、ジェーシャが、

「いつしか彼は……この部落にとって、かけがえのない存在になっていたんだね」

と、しみじみ感じ入るように言った。

「とにかく彼が速やかにここを去ったのは賢明だった。長居すれば、いずれ再び役人たちに捕えられてしまうのは、目に見えていたのだからな」

バロンが言った。

「マリーヌ先生のところにいれば、もはや、そのような心配は無用だ。今頃ヨハンは彼女の家族に手厚くもてなされて、幸せに新年を迎えていることだろう。なあ、ポーシャ……」

コゼフがポーシャの方に振り返り、さりげなく微笑んで見せた。それは、あたかも彼女を励まそうとする思いやりが感じられるものだった。

「それならば、いいんだけど……」

と、ポーシャは浮かない様子のままでいた。

馬番の役目を授かりマリーヌの屋敷へと赴いたヨハン。実は、日々彼が一人きりで、粗末な納屋で寝泊りして過ごしていることを、ポーシャはマリーヌから聞いて知っていたのである。そこは絶えず隙間風が吹き込み、真冬を乗り切るには、大変辛く厳しい場所であるという。できることなら彼を屋敷の母屋に招き入れて上げたいが、しかし家庭のやむを得ぬ事情から、そうして上げられないのだとマリーヌは打ち明けてもくれた。アイズカラーを持たぬ者が外に出れば、どれほどの冷遇を受けるかポーシャ自身よくわかっているだけに、果たして今、ヨハンが幸せにやっているかとなれば、やはり、その疑問は拭い去れなかったのである。

「さあ、ポーシャとアンヌは心ゆくまで、どんどん食べておくれ。二人にとって今度ここで迎えられる正月はずっと先になってしまうんだ。生涯忘れられぬほどの楽しい思い出になってくれるなら何よりだよ」

今年の晩秋から労役に赴かなければならないポーシャとアンヌ。来年の春先までの期間をその収容所で過ごさねばならず、今後、彼女たちが六十歳を迎える遠い先まで、年をまたいでの過酷な数ヵ月間が、毎年繰り返されるのである。今ここにいる老齢の大人たちにとって、こうして孫たちと共に新年を迎えられるのは、これが最後といっても過言ではない。それを思うと、皆の心には切なさが込み上げて来るばかりで、部屋中が一気に重苦しい空気に包まれてしまうのだった。

「――おや、私としたことが……どうやら余計なことを言ってしまったようだね」

と、ジェーシャが困惑し始めた、その時――何やら寝床の方からガサガサと音がして来たかと思うと、

「――おいらをのけ者にして、みんなだけでずるいよ！」

ルーブルが叫びながら勢いよく飛び出してきた。もちろん目当てはテーブルの上の紅芋である。

「だめよ！　ルーブル！」

すぐにポーシャが反応して、腰を浮かせて彼の身を制しようとしたが、しかし間に合わず、ルーブルは熱々の紅芋をもろに素手で鷲づかみしてしまった。

「アチチチチチッ……！」

頭の芯まで痺れるほどの熱さに、たまらずルーブルは叫び声を上げた。放り出された紅芋が、床をゴロゴロ転がって土間に落ちた。

「これは大変だ！」と、ジェーシャは驚いて、

「すぐに冷やさないといけない！　さあ、こっちへ来るんだよ！」

と、すかさずルーブルの腕を引き土間の方に連れて行った。

「急いで傷の手当てをしないと……！」

「私も手伝うわ！」

ポーシャとアンヌも、すぐに腰を上げた。普段、看護師としての役目を授かっているだけに、そこらへんは機転の利いた速やかな行動だった。

ジェーシャは甕《かめ》に溜めてある水を柄杓《ひしゃく》で掬い上げ、しきりにルーブルの手の平に振り掛けながら、

「あらあら、こんなに赤くなっちゃって！　だけど男の子なら、これぐらいで泣くもんじゃないよ」

と、棒立ちしたまま、涙をボロボロ流して泣きじゃくるルーブルを懸命に慰めていた。

やがてポーシャとアンヌによる手当ても済んで、事はおさまったが、しかしルーブルは部屋の隅で背を向けたまま、しょげた様子でしゃがみ込んでいた。右手に巻かれた包帯が何とも哀れな様子だった。

「ルーブル、そろそろ気分も落ち着いて来たでしょう？　あなたもこっちに来て紅芋を食べなさい」

「手が使えなければ、私が食べさせて上げるわ。さあ、早くいらっしゃいよ」

と、ポーシャとアンヌが優しく促してみても、ルーブルはじっと身じろぎもせず、口を閉ざしたままだった。

依然、自分だけ仲間はずれにされたという思いが強く、どうしてもその気になれなかったのだ。やはり、そういうところは、まだ子供なのである。

「食べたくないなら食べんでもいい！　いつまでもそうしておれ！」

コゼフが声を張り上げて、ルーブルを厳しく叱りつけた。

たまらずルーブルは肩を震わせて、再び嗚咽《おえつ》し始めていた。

「おじいちゃん、何もそれほど、きつく叱りつけなくたって……」

ポーシャは哀しそうな眼で、コゼフの方に振り返りながら言うと、すかさずルーブルの傍らに歩み寄り、

「別にあなたを無視したわけじゃないわ。心地よく眠ってるところを起こしては可哀そうと思ったからなのよ。ジェーシャお婆さんは、あなたが目覚めたら、もう一度紅芋を温めてくれようとしていたわ。どうか、そんなあなたを思うみんなの気持ちをわかってちょうだい」

と優しく言い聞かせるのだった。

するとルーブルは、しきりに腕で涙を拭いながら、何度も頭を肯けていた。ポーシャの言葉をすんなり受け入れてくれたのである。

「よかったわ。わかってくれたのね」と、ポーシャは安堵して、

「それに、その火傷した手だって心配いらないわ。明日になれば再びマリーヌ先生がやって来るので、早速診てもらいましょう」

ルーブルは潤んだ瞳を輝かせながら、すかさず顔を上げて、

「えっ！　それは、ほんとかい……？」

と念を押すように訊いた。

「ええ、ほんとよ」と、ポーシャは笑顔で大きく肯いて、

「マリーヌ先生に診てもらえば、そんな火傷なんて、たちどころに治ってしまうわ」

ルーブルは勢いよく立ち上がると、

「やった！　やったー！　ついに、おいらもマリーヌ先生に診てもらえるんだ！　火傷バンザーイ！　火傷バンザーイ！」

と、今までしょげていたのが、まるで嘘のように、両手を高々と振り上げながら、幾度となく飛び跳ねていた。

「おやおや、何というお調子者かねえ。この子は……」

と、吹き出しそうになるのを堪《こら》えながら、ジェーシャが言った。

「ルーブルには、ほんとかなわんな」

険しかったコゼフの顔も、いつしかすっかり緩んでいた。

「やはり新年を迎えた、めでたい日は、こうでないといけない。――よっ、ルーブル！　遠慮することはない。さあ、もっと明るく陽気に、どんどんはしゃいでくれよ！」

バロンの張り上げる声に後押しされるかのように、ルーブルは土間に駆け下り、我を忘れて小踊りし始めた。その滑稽な姿に部屋中が一気に皆の笑いに包まれた。

何はともあれ団欒の場を最高に盛り上げてくれるのは、やはりルーブルなのだった。

昨晩遅くに降り始めた雪が、一面を銀世界に変えていた。尚も深々と降り続き、家々の屋根や地面にしきりに積み重なっていく。厚い灰色の雲に覆われた空。時折り吹く風に、雪は横殴りとなって勢いを増し、今後さらに強まっていきそうな兆しを見せていた。

「この雪では……今日はさすがに、マリーヌ先生もやって来られないわね」

アンヌが廊下の窓から外を見つめながら、傍らにいるポーシャに声をかけた。

「さて、どうかしら……？」

と、ポーシャも外に視線を向けたまま、わずかに頭を傾けながら言った。

来ると約束をすれば、たとえどんなに激しい雨の中でも、必ずマリーヌは診療に訪れてくれた。これまで一度たりとも約束を違えたことはなく、それだけにポーシャは否定できなかったのである。この部落のために尽力を捧げ、まして苦労のかけ通しであり、その彼女の恩恵は計り知れない。マリーヌの身を案じれば、せめてこんな悪い天気の日ぐらいは、無理をせず思い止まってほしい。そう心から思いつつも、ポーシャは複雑な心境でマリーヌの到着を待ち続けていた。新年早々にもかかわらず、本日彼女がやって来るのにも、もちろん、それなりの大きな理由があったからだ。

昨年、季節が秋を迎えた頃、街中ではある流行《はや》り病が起こり始めていた。それは幼い子供たちの間に限り発病し感染していくもので、それが厄介なことに初期の段階では、風邪によく似た症状であることから、見極めることが非常に困難とされ、知らずしてそのまま放っておけば、やがて死に至るという恐ろしい病だったのである。

暮れが近づくにつれて、この部落でも幼い子供たちの間で、風邪と思われる症状が目立ち始め、よってマリーヌもそれをとても気がかりに感じていた。まずは日々慎重に病状を観察していくことが重要だったが、しかし昨年いっぱいで自らが勤める病院を退職し、引き継ぎなどを含めた残務処理に追われる多忙から、マリーヌは、年末はここに足を運ぶことができずにいたのである。そこで、ようやく身が落ち着くと予測した本日、あらかじめ訪れることを約束していたのだった。

ポーシャとアンヌから少し離れたところでは、いっしょにやって来たルーブルが、寂しそうに椅子に腰掛けていた。昨日の火傷の傷を診てもらおうと、マリーヌが来るのを心待ちしていたが、予定の時間はとうに過ぎ、まもなく昼になろうとしていたが、彼女は一向に姿を現さず、ルーブルは、しきりに窓の外に眼をやっては期待を捨てきれない様子でいた。

「ルーブル、昨日、手当てをしてから、そのままなのね。私がお薬を塗り直して上げるわ」

アンヌがルーブルの傍らに歩み寄り声をかけた。

「いいよ。マリーヌ先生が来るまで、おいらは待つんだ」

と、ルーブルはアンヌの方に眼をくれることなく、無愛想に言った。

「もう、困った子ね。早く治したいなら、こまめにお薬を塗ることが大切よ」

「マリーヌ先生に診てもらう前に治っちゃったら、おいら、困っちゃうよ」

「まったく呆れた子ね。――さあ、いいからこっちへいらっしゃい！」

アンヌはルーブルの身体を両手でがっちり抱え込むと、無理やり椅子から立ち上がらせて、有無を言わせず、そのままズルズルと診察室の方に引きずっていくのだった。

「何するんだよ！　やめてくれよ！　——あんなに、おとなしかったアンヌお姉ちゃんが、いつから、こんな凶暴になってしまったのさ！」

抵抗も空しく、ルーブルはアンヌの意図されるままになっていた。

そんな二人の様子を静かに見守っていたポーシャ。二人が消えていなくなった瞬間、思わずクスリとした笑みがこぼれた。

ふとその時、ポーシャは窓の向こうに、広場を横切ってやって来る人の姿に気づいた。藁合《わら》羽に身を包み、大きな頭巾で顔が隠れ正体は確認できなかったが、どうやらその人物の目的は、この集会所の母屋ではなく、隣接した納屋のようだった。

ポーシャは外へ出てみた。そして玄関前の軒下から、何やら怪しげに納屋の中の様子を窺《うかが》っている、その人物に向かって声を高めながら、

「すいませんが、どなたでしょうか？」

いきなり声をかけられて、その人物はやや驚いた様子で振り向いて、

「私だ……ジオンだよ」

「まあ、ジオンさんでしたか。納屋に何か用でもおありなのですか？」

ジオンは全身にまとわりついた雪を払い落としながら、ポーシャの方に歩み寄ってきて、

「今日から再びマリーヌ先生が来られると聞いていたので、まずはオリオンがいるかどうか確かめていたのだよ。その彼の姿がないということは、どうやら見えていないようだね。まあ、

この大雪で、そう期待するのも、彼女にとっては酷だろうが……」

「これほどの激しい雪ですから、かなり遅れることも考えられます。ともかくジオンさん、外は寒いので中へお入り下さい。すぐに白湯を用意しますので、体でも温めていって下さい」

と、ポーシャは勧めてみるが、しかしジオンは、肩を落として大きく息を吐くと、

「いや、せっかくだが結構だよ。マリーヌ先生が不在であれば、そう長居してるわけにもいかない。このまま帰るとしよう」

それにしても見るからに浮かぬ様子のジオンだった。藁にすがるような思いでマリーヌを訪ねて来ているのだと、すぐにポーシャは事情を察して、

「あのう、お待ち下さい！」と、身を翻して去って行こうとするジオンを呼び止めて、

「昨年の暮れからルミネの具合が優れないようですが……もしかして彼女のことで……？」

ジオンはおもむろに向き直ると、

「ああ、——実は、その通りでね。ここ数日のうちに、ルミネの体調がみるみるうちに悪くなり始めているのだよ」

「まあ、それは何と気がかりな」と、ポーシャは心配そうに言うと、

「ジオンさん、今すぐルミネの様子を窺わせてもらえないでしょうか？　マリーヌ先生から医療の手解きをいろいろ授かって来ていますので、こんな私でも何かお役に立てるかもしれません」

「そうしてもらえるなら、ありがたい。ポーシャの顔を見れば、ルミネも何よりの励みになるはずだ」

ジオンの顔から微かな笑みが零れた。

アンヌとルーブルの二人に留守を任せて、ポーシャは集会所の広場を隔てたジオンの家にやって来た。六十も半ばの年頃のジオン。健在する妻は彼よりもかなり若く、現在、同居している息子夫婦と共に労役に赴いていて、よって、この期間はジオン一人で孫のルミネの世話を行っていたのである。

ポーシャが部屋へ案内されると、ルミネは布団の中で仰向けに、すやすや眠っていた。

「先ほど少しばかりだが、紅芋の重湯を口にしてくれてね。そのせいか気分も随分落ち着いてくれたようだ」

「ほんと、心地よさそうに眠ってるわね」

顔が赤く火照り、額にはタオルが乗せられていた。かなり熱があるように思われるが、ただ苦しみを感じていないルミネの寝顔に、ポーシャは一安心だった。

ジオンはふと台所がある奥の土間の方に眼をやると、

「暖炉の火が消えかけてきているようだ。そろそろ薪をくべないといけない」

「ルミネの傍らには、私が付き添ってますから、安心して下さい」

「では、よろしく頼みます」

ジオンは土間の方へと足を運んだ。

ポーシャは静かに腰を下ろすと、ルミネの額に乗せられたタオルを取り、枕元に置いてあるタライの水で濯《すす》いだ。そして、そっと額に戻した時、その感覚に気づいたらしく、ルミネはゆっくり眼を開けた。

「まあ……起こしてしまって、ごめんなさい」

視線が宙を彷徨《さまよ》って、ルミネは幻想の世界から醒めやらない様子でいた。

「ルミネ……私、ポーシャよ。わかるかしら？」

と、ポーシャがルミネの顔を覗き込みながら訊くと、ルミネの口元が微かに綻《ほころ》んだ。どうやらポーシャの存在に気づいたようだった。

「元気になったら……また、お姉ちゃんといっしょに手毬して遊ぼうね」

と、ポーシャは微笑みながら言うと、ルミネは精一杯の笑みを浮かべて見せた。

するとポーシャは子守歌を唄い始めた。それは幼い頃、亡き母が自分を寝かしつけるためによく唄ってくれたものであり、その思い出は今でもポーシャの脳裏に焼き付いていた。ポーシャの綺麗な歌声が部屋中に響き渡り、それに誘われるかのように、ルミネは再び眠りに落ちていった。

「ポーシャはとても歌が上手なのだね。ほれぼれするような声だよ」

ジオンが感心しながら部屋に戻って来た。

「そんな褒《ほ》めてもらうほどではありませんが……」

ポーシャは照れながら言った。

ジオンはルミネの床を隔てた、ポーシャの向かいに腰を下ろすと、

「その子守歌は、この部落に古くから伝わるものでね。先祖代々、歌い継がれてきてるのだよ」

「それは私も知ってます。何しろ私のおじいちゃんでさえ幼い頃、よく聴かされたものだと言ってましたから」

「実は、その歌には子供たちの健やかな成長の願いが込められていてね。親や祖父母であれば誰しもが、何よりも子や孫の幸せを願うもの。――だが、皮肉にも……時には、それが空しくついえてしまうこともあるのだよ」

突如ジオンの表情に暗雲が漂い始めていた。まるでルミネの病状が深刻なことを暗示しているようだった。

「ジオンさん、何をおっしゃりたいのですか？　もしかしてルミネの具合は、それほどよくないものなのでしょうか？」

ポーシャはジオンの顔を不安そうに見つめながら訊いた。

するとジオンは、顧みるように、

「あれはポーシャやアンヌたちが生まれる前年のことだった。突如として起こった流行り病に、街中ばかりか、この部落でも幼い子供たちの命がことごとく奪われてしまったのだ。その話は、

おそらくポーシャも聞いたことがあると思うが……」

「小さい頃、この部落には、なぜ私よりも、すぐ年上の子供たちがいないのか不思議に思っていました。ある程度大きくなって、その事実を知り、本当に驚いたものでした」

「その流行り病は、ふと忘れかけた頃にやって来るものでね。幼少の子ばかりを襲い、しかも一度かかれば回復は見込めないことから、〝幼子《おさなご》さらい〟と呼ばれるもので――それが今まさに、この部落に再来してしまったのだよ」

途端にポーシャの眼が丸くなって、

「えっ！　では……ルミネは、その流行り病にかかってしまっていると、ジオンさんは、そうおっしゃるのですか？」

「ああ、その通りだ。――ルミネばかりでなく、現在体調を崩している子供たちのほとんどが、きっとそうなのだろう」

ジオンは大きく息を吐いた。

しかしポーシャはどうしても納得がいかず、

「正直私には、今のルミネの様子からしても、一見風邪をこじらせたようにしか思えないのですが――一体、何を理由に、そう判断されるのでしょうか？」

「この私も、ついこの間までは、てっきり秋の風邪のぶり返しかと思っていたが……ところが違っていたのだ。――とにかく、これを見ればポーシャもわかるはずだ」

ジオンはルミネの腕を布団からそっと外へ引き出して見せた。その瞬間、ポーシャの顔が強《こわ》ばって、

「確かに……風邪では、このようなことなど決して起こらないわ！」

彼女の指先や手の平や甲全体に、そして腕にかけてまで、夥《おびただ》しい赤紫色の発疹が広がっていたのである。

「その流行り病が末期に近づくと、手足の指先など身体の末端部分から発疹が起こり始め、瞬く間に全身へ広がってしまうのだ。指先に現れたものが、わずか数日でこの有り様だ。――この状態では、ルミネは、もういくばくもない命なのだよ」

と、ジオンは覚悟を決めたように言うのだった。

たちまちポーシャは身を乗り出す姿勢になって、そしてジオンの顔をしかと見つめながら、

「そう容易く決め付けてしまっては、ルミネが余りにも可哀そうです！　ルミネの命は、きっとマリーヌ先生が救ってくれます！　ジオンさんだって、そう信じるからこそ、先ほど集会所を訪ねて来たのではありませんか？　今日、来られなくても、必ず近いうちにマリーヌ先生はやって来ます。ですから、どうぞ……それまでは決して希望を捨てないで下さい！」

と、訴えるように言うが、しかしジオンは落ち着き払った顔つきで口を開いて、

「ポーシャの気持ちは有難く思う。――だが、現実を振り返れば、ルミネの身を案じてばかりもいられないのだ。流行り病はすでにこの部落に蔓延《まんえん》しているらしく……実際、ルミネよりも、

より深刻な状況にある子供たちがいることも、また事実なのだ」

「――その子供たちとは一体……誰なのでしょうか？」

「イザエル婆さんの双子の孫たちさ」

「あのミロとラモが！」

ポーシャの顔が強ばった。

「実は今朝早く、雪の降りしきる中、彼女が私を訪ねて来てね。ひどく困り果てた様子から事情はすぐにわかった。とにかく彼女の家へ足を運んでみたが、そこで目にした哀れな光景は、言葉にならぬほど胸を痛めるばかりだった。すでに、どうにも取り返しのつかぬ有り様になっていて……おそらく二人の命は、今日一日が関の山だろう」

「まさか、そんな……！」

ポーシャは驚きの余り、言葉を詰まらせた。

今まさに、この部落から小さな命が次々に消えかけようとしている惨《むご》い現実をまざまざと悟り、ポーシャの心には激しい衝撃が押し寄せた。そうなると、やはり唯一希望を託せるのは、医師のマリーヌをおいて他になく、身勝手な思いと知りつつも、この激しく降りしきる雪の中、一刻も早く、彼女がやって来てくれることを祈るばかりになっていた。

「前回、その流行り病が起こった時、街中でも大勢の幼い子供が命を落としたそうだ。つまりお医者様でも、その病を克服することが、いかに困難なのかということだ。それでありながらマリーヌ先生たった一人に、部落の大勢の子供の命を委ねてしまうわけにもいかない。その病が末期になると大きな苦しみに襲われ、まもなくルミネにもその時がやってくるだろう。お医者様なら、その苦しみを多少なりでも和らげてくれるはずと、そう信じ、それで先ほど集会所に足を運んでみたのだ。――せめてルミネに穏やかな最期を迎えさせて上げられるなら本望と……今となってはそう願うばかりなのだよ」

余りにも切なすぎるジオンの言葉だった。ポーシャの胸は途方もない悲しみに包まれて、もはや返す言葉さえなかった。

すると突然、外から扉を叩く音と共に、

「ジオンさん！　ポーシャ……！」

と、叫ぶ声が響いて来た。

その声の主がアンヌとわかり、すかさずポーシャが腰を上げて玄関に足を運んだ。引き戸を開けてみると、藁合羽を頭からスッポリ被《かぶ》った、そのアンヌの傍らに、大きな鞄を肩に提げ、防寒着に身を包んだマリーヌが立っていた。

「マリーヌ先生！」

と、ポーシャは思わず歓喜の声を上げた。

「やっぱりポーシャの思ったとおり、マリーヌ先生はちゃんと来て下さったわね」

と、アンヌがにこやかな笑みを浮かべながら言った。

「遅れて、ごめんなさい。大雪で途中道を見失ってしまい……だけど幸いにもオリオンが、私を無事ここまで導いてくれたのよ」

と、マリーヌは笑顔で言うものの、フードの奥から覗かせている霜焼けでひどく赤紫色がかった表情が、ここへ辿り着くまでの苦労を物語っていた。

雪は先ほどよりも一段と強まり、マリーヌとアンヌの身体に激しく打ち付け、玄関の土間にもしきりに吹き込んで来ていた。

「着いて早々ですが、マリーヌ先生にお願いがあります。実は……」

と、ポーシャが言い終える間もなく、マリーヌが口を開いて、

「すでにアンヌから事情は聞いているわ。ルミネの容体が思わしくないのね。早速、診て差し上げるので、お邪魔させてもらうわね」

と、身にまとわり付いた雪をせわしく払い落とすと、玄関に足を運び入れて、差し出したポーシャの手に診察鞄を預けた。

そこへジオンが姿を現して、マリーヌに向かってきちっと正座して、深く頭を下げると、

「まずは、この大雪の中、駆け付けて下されたことを心からお礼を申し上げます」

「ジオンさん、そんな畏《かしこ》まった挨拶などいいわ。ともかくルミネの容体を診させてもらうわ」

しかしジオンは部屋に上がり込もうとするマリーヌを遮《さえぎ》ると、

「お待ち下さい！　ルミネの身を案じて下さる先生のお気持ちは、非常に嬉しく感じますが

……実は今、そのルミネよりも、急を要する子供たちがおります。どうぞ、一刻も早くそちらへ駆け付けて頂きたいのです」

マリーヌを見つめるジオンの眼は極めて真剣だった。そんな彼の様子から、事態がよほど深刻であることを感じ取ったマリーヌは、

「わかったわ！　直ちにそうしましょう」

と、表情を引き締めながら言った。

「ありがとうございます」

ジオンは床に額がつくほど丁重に頭を下げながら言うと、素早くポーシャの方に振り返り、

「それではポーシャ、マリーヌ先生のご案内をよろしく頼みます」

「はい、任せて下さい！」

ポーシャは頼もしく肯いた。


マリーヌはポーシャとアンヌの二人に導かれ、イザエルの家へと向かった。盛んに降りしきる雪の中、三人は通りを突き進んで行った。雪はすでに足首まで埋もれてしまうほど降り積もり、歩行はかなり困難になっていた。やがて入り組んだ路地へ入り、そして目的地が間近に迫った最後の角を曲がった時である。いきなり彼女たちの目に飛び込んで来たのは、雪に打たれながら、薄手の服装で素足のまま雪上にしゃがみ込んでいる一人の老婆の姿だった。彼女は今

まさに訪ねようとしているイザエル本人であり、その目を疑いたくなるような光景にポーシャとアンヌはすこぶる驚き、そして一目散に彼女の元へと駆け寄って、

「何をしてるのですか！」

「取り乱してはいけないわ！」

二人が背後から叫ぶように声をかけてみるが、まるで彼女の耳には届いてないようで、

「この老いぼれは、もう十分に長生きさせて頂いた。どうか神様……。この私の命と引きかえに、可愛い二人の孫の命をお救い下さいませ！」

と、イザエルは両手を合わせ、天を仰ぎ見ながら、一心に祈りを捧げていた。

すかさずマリーヌも顔色を変えながら、傍らに歩み寄って来て、

「このままでは凍えてしまうわ！　すぐに家の中へ連れて行き、冷え切った体を温めてあげるのです！」

と声を張り上げるようにして言った。

ポーシャとアンヌの二人に両脇から抱えられるようにして、地面から立ち上がらせられても、イザエルは彼女たちの存在ばかりか、そうされていることにもまるで気づいていない様子だった。体は完全に冷え切り、全身の感覚が麻痺していたのである。

「この老いぼれの命が身代りでは、そりゃ、さぞご不満であろうが――そこを何とか、お願いしたいのだ！」

尚も、イザエルは天に向かって必死に懇願し続けていたが、そのまま突然意識を失ってしまうのだった。

その時マリーヌは、初めてここを訪れた時に出会った、あの老婆であることに気づいた。そうなると深刻な容体にある子供たちというのは、井戸で水汲みをしていた、あの双子の男の子たちなのだろうと想像がついた。

一つの床に枕を並べてミロとラモは寝かせられていた。顔中が夥しいほどの発疹に覆いつくされ、あの時の無邪気な面影はみじんも感じられなかった。すでに苦しみは通りこし、ほとんど意識もなく呼吸も虫の息になっていた。街中で起こった流行り病は、すでにこの部落にも広がり、やはり気掛かりに思っていたことは、現実のものとなっていることにマリーヌは気づいたのである。

マリーヌは鞄から聴診器を取り出すと、布団を捲《まく》り上げて、二人の心臓の鼓動を確認してみた。その力なさからも終焉はもう間近であり、今日一日さえ乗り切るのも困難と感じ取れた。

マリーヌは思った。せめて明朝まで持ちこたえてくれるならば、救える望みは残されていると——彼女は願いを込めてそれぞれの腕に注射を打っていった。そして、しばらく静かに二人の様子を見守っていると、その効果が次第に現れ始めてきた。わずかではあるが血色が良くなり、息遣いにも変化が見られた。再び聴診器を胸に当ててみても、鼓動も幾分力強さを増していた。これならば何とか明朝まで持ちこたえてくれるかもしれないとマリーヌは思った。いや……そう信じようとしたのである。

「マリーヌ先生、イザエルさんの様子は随分落ち着きました」

と、背後から呼びかけるポーシャの声にマリーヌはふと我に返り、振り返ってみるとイザエルは静かに床で眠っていた。

マリーヌは傍らへ移動して、イザエルの手を取って脈を診てみると、続いて聴診器で鼓動を確認してみた。

「これで、もう安心だわ。二人ともよく頑張ってくれたわね」

と、ポーシャとアンヌに労いの言葉をかけた。二人は冷え切った身体を懸命に擦り続けて体温を上げ、そのお蔭でイザエルは、一命を取り留めたのである。連日、寝る暇も惜しんで孫たちの看病に明け暮れていたのだろう。それは老齢の彼女にとって大変辛く、きついことであり、ましてニ人の病は悪化の一途をたどるばかりであり、ついに気力、体力共に尽き果て、取り乱してしまったのだとマリーヌは察しがついた。

「ところで、ミロとラモの容体はいかがでしょう?」

イザエルの介抱に専念していたポーシャが心配そうな面持ちでマリーヌに尋ねた。

「あいにくだけど……決して良いとは言えないわ」

マリーヌは曖昧に返答するしかなかった。

ポーシャとアンヌは二人の傍らへと移動した。先ほどジオンから事情を聞いているだけに、ポーシャはある程度の覚悟はできていたが、それでも、すっかり変わり果て、衰弱しきった彼らの姿を目の当たりにすると、切なさに包まれていくばかりだった。一方、アンヌはといえば、まだ流行り病の詳細を知らないだけに、今、目にしている光景がとても現実とは思えず、

「ここにいる二人が、あのミロとラモだなんて……！」

と、動揺を露わにしながら、呆然《ぼうぜん》とするばかりだった。

するとマリーヌは、二人に真剣な眼差しを向けながら、

「このままでは二人の命は持ちこたえたとしても、せいぜい明朝までが精一杯でしょう。ですが……希望の光は、まだ途絶えてはいないわ」

「それは本当ですか！」

そのマリーヌの言葉に、ポーシャの眼が輝いた。

「これから私は、その望みを叶えるために全力で臨んでみるわ。――そのためには、あなたたち二人にも、協力してもらわなくてはなりません」

「二人の命が救えるなら、どんなことでもやります」

ポーシャが言うと、続いてアンヌも、

「もちろん、私だって」

「事は一刻を争うので、迅速に指示を出していくわ。――まずは、この一家を見守っていてくれる誰かを探してきてほしいの」

「それならば、早速、おじいちゃんを呼んできます」

と、ポーシャが言うと、続いてアンヌが、

「では、私はおばあちゃんを……」

「そうね。二人の家は間近だし、大人の人たちに見守っていてもらえるなら心強いわ。それが済んだら今度は、二人で手分けして、共に医療活動を行っている仲間たち全員を直ちに集会所に呼び集めるようお願いするわ」

「わかりました！」

ポーシャとアンヌが声を揃えて言った。

「私は再びジオンさんの家に立ち寄り、ルミネの様子を窺《うかが》った後、集会所へ戻るので、その後のことについては、みんなの前で説明するわ。雪が強いので、くれぐれも気をつけて行動するのよ」

そして三人は急いで防寒の身支度を調えて、そこを後にした。

四

マリーヌが集会所へ戻ってみると、依然、ループルが一人で廊下に残っていた。ポーシャとアンヌは仲間たちを集めるために、まだ奔走中のようだった。

「一人きりでのお留守番、ご苦労様。お姉ちゃんたちも、もう、そろそろ戻って来るはずよ」

と、マリーヌは玄関で防寒着を脱ぎながら言った。

「お姉ちゃんたちなら、さっき一度ここに戻って来て……その時、これをマリーヌ先生に渡すように頼まれたんだ」

と、ルーブルが二つの麻袋を両腕に抱えながら、マリーヌの元へと歩み寄って来た。

「さて、——一体、何かしら？」

マリーヌは受け取ると、それぞれの中を覗いてみた。一つには蒸かした紅芋が。——そして、もう一つには人参が詰まっていた。

「まあ、あの子たちったら……」

マリーヌの顔が穏やかな笑みに包まれた。先ほど家へ戻ったときに持って来たのだろう。オリオンと自分への二人のさり気ない思いやりに、マリーヌはとても心温まる気分になれた。

その時、マリーヌはルーブルの手に巻かれた包帯に気づいて、

「ところでルーブル、その手はどうしたの？」

と、心配そうに声をかけた。

「おいら、おっちょこちょいだから、きのう、蒸かしたての紅芋で火傷しちゃったんだ。だけど、たいしたことないから大丈夫だよ」

ルーブルは微かな笑みを浮かべて見せた。

マリーヌは布袋を傍らの椅子に置くと、ルーブルの顔をしかと見つめながら、

「たいしたことないかどうかは、医師である、この私が判断することよ。早速、診て上げるので診察室の方へいらっしゃい」

と促してみるが、しかし、ルーブルは途端に表情を曇らせて、

「いや、いいんだ……」

と、目を伏せて、静かに頭を横に振りながら言うのだった。

あれほどマリーヌに診てもらうことを心待ちしていたルーブルだったが、決してその思いが消え失せてしまったわけではなかった。その気持ちを懸命に耐えようとしている様子が、健気に思え、マリーヌは、

「なぜ、そう躊躇《ためら》うのかしら？」

と不思議そうに訊いた。

「おいら、さっきお姉ちゃんたちが話してるのを聞いちゃったんだ。ルミネやミロとラモの具合が良くないんだってね。それに今……小さな子供たちが、とても大変なことになってるんだね。——だから、こんなおいらの手なんて気にしないでいいからね」

そのルーブルの言葉は、どこか心を打つものがあり、

「自分のことよりも、小さな子供たちのことを気にかけてくれるなんて……ルーブル、あなたって何て優しい子なのかしら」

と、マリーヌは目頭を熱くさせながら言った。

「ねえ、マリーヌ先生、お医者様というのは、どんな病気でも治すことができるの？　中にはどうしても治せない病気だってあるんでしょう？」

「……………」

唐突なルーブルの問いかけに、マリーヌは思わず言葉を失った。無論、否定できるはずもなかったからだ。

そんな彼女の様子からルーブルは何か悟ったらしく、哀しそうな眼をしながら、

「もしかして……小さい子供たちは、これからみんな死んでいってしまうのかい……？」

予期もせぬ彼の問いかけに、マリーヌも動揺を隠しきれず、

「いきなり何を言い出すかと思えば……そんなことあるはずないじゃない！」

「この間、父ちゃんが死んで、おいら、思ったんだ。人というのは、あっけなく死んでしまうものなんだって。――だから、たまらなく心配でならないんだ」

ルーブルはひどく怯《おび》えていた。

「大丈夫よ。みんな必ず元気になるから安心なさい」

「――ほんとだね？」

「ええ、この私が約束するわ」

マリーヌはルーブルの顔をしかと見つめながら言った。

確証などあるはずもなかったが、いまだ父親の死にひどく心を痛めている子供を目の前に、そんな彼を勇気づけるには、そう言う以外なかったのである。

「ならば、おいら安心したよ」

ルーブルの顔が安堵《あんど》の色に包まれた。

するとマリーヌは穏やかな笑みを浮かべながら、

「ルーブル、今あなたは自分のその手のことを気にかけないといけないわ。私だって病気や怪我をしてる人を目の前にして、放ってはおけるはずないのよ。そんな、私の気持ちもわかってちょうだい」

と優しく促すのだった。

「うん、わかったよ！」と、ルーブルは大きく肯いて、

「ありがとう。マリーヌ先生」

ようやくルーブルの顔に笑顔が広がった。


幸いにもルーブルの火傷は軽傷というマリーヌの診たてで、それは、ひとえに皆の迅速な処置と手当の賜《たまもの》だった。ルーブルが診察を受けている間にも、待合室になっている小部屋には、マリーヌの医療活動に従事する子供たちが次々に集まって来ていた。

鮮やかな栗毛色の髪をしたマロン、愛くるしい円らな瞳をしたサーシャ、リンゴのような紅

い頬をしたリンの少女三名と、毬栗頭《いがぐり》が快活さを思わせるキース、長身でおっとりした容姿のハリスの少年二名。そこにポーシャとアンヌが加わり総勢七名が揃っていた。皆、現在この部落に残っている最年長の少年少女たちだった。マリーヌは彼らに医療の手解きを授け、将来的に役立てればと願っていたのである。

ループルと入れ替わりに、マリーヌは診察室に全員を導き入れると、早速、目の前に立ち並ぶ七人に、真剣な眼差しを向けながら、

「この雪の降りしきる中、急きょ、こうしてみんなに集まってもらったのは他でもないわ。現在たくさんの幼い子供たちが体調を崩しているのは、すでにみんなもわかってるはずよ。まずは、それが流行り病によるものであることを伝えておくわ」

たちまち呼び集められた五人の間に動揺が広がり始めた。そうさせたのは流行り病という言葉であり、その世界の医療の知識と技術は、まだ初期の段階にあり、一度に大量の人々の命を奪ってしまう、流行り病こそ、最も脅威とされていたからである。

「もしや……あの噂に聞く〝幼子さらい〟が、再びこの部落にやって来てしまったのでは！」

と、思わず声を張り上げるようにして言ったのはキースだった。それに連鎖するように、サーシャが張り詰めた表情で口を開いて、

「私たちや大人の人たちは何ともないのに、小さな子供たちばかりに広まってるのだから、それは大いにあり得ると私も思うわ」

「まさか、そんな！……」と、リンは青ざめた顔で言うと、

「私の小さな弟も、ひどい高熱なの！　そんな恐ろしいことを言わないで！」

と不安に身体を震わせていた。

「高熱ばかりで、そう決め付けてはいけないよ。確か、その病にかかると、体中にひどい発疹が現れると聞いたことがあるんだ」

と、ハリスがリンを励まそうとするが、その彼の言葉にキースがギクリと反応して、

「だけど、そうなってしまったら、もう、おしまいさ！　体中が完全に病に冒され、死が間際に迫ってる証なんだ！」

「やだわ、そんなの！」と、突如マロンが叫び声を発して、

「私の一番下の妹には、すでにそのようなものが現れ始めてるわ！」

崩れ落ちそうになるマロンの身体を傍らにいるアンヌがしっかり支えた。

やはり彼らは年長であることからも、彼らが生まれる直前に起こった、その部落の悲劇について、事情はある程度知っていたのである。

「みんな、落ち着いて！」

と、その騒然とした雰囲気を断ち切るように、ポーシャが声を高めながら言うと、

「確かに今この部落では、みんなの想像する通りのことが起きてるわ。だけど、お医者様であるマリーヌ先生が、いらっしゃることを忘れないで！　――実は先生は、この危機を乗り切る

ために、尽くして下さろうとしてるのよ！」

皆の視線が一斉にマリーヌへと集まった。その眼差しは、不安をかき消すような期待や希望に満ち溢れたものだった。

するとマリーヌは引き締まった表情を崩すことなく、再び口を開いて、

「今のみんなの話を聞いても、事態がいかに深刻であるか理解できたわ。酷なことを言うようだけど、このままでは、やがてたくさんの小さな命が失われてしまうのは事実よ。――だけど悲観しないで。それを防ぐ手立ては確実に残されているわ。その流行り病はこれまで不治の病とされてきたけど、つい最近になって治療可能な画期的な薬が開発されたので、それさえあれば皆の命は救えるの。私はその薬を手に入れるために今から街中へ出向き、明朝には必ずここへ戻って来るわ。一人の子も犠牲にさせないためにも、何より気がかりなのは、明日まで命が持ちこたえられないほど危機にある子がいるかもしれないことなの。実際、ミロとラモの双子の兄弟が今闘っているわ。まだ他にもいるかもしれない。そこで、まずはみんなで手分けして、六歳ぐらいまでの子がいるすべての家庭を回り、現状を確かめてもらいたいの。発疹が顔中に広がり意識朦朧《もうろう》となっていたら、それが危険の合図と覚えていてちょうだい。もし、そのような子が存在するようなら、その時はポーシャ。――あなたに大事なお願いがあるわ」

マリーヌはポーシャの方に視線を向けた。

「私にできることなら、何でもやります！」

ポーシャは頼もしい口調で言った。

「あなたには、これを預けておくわ」

マリーヌは鞄から白い布に包まれた箱を取り出して、ポーシャに手渡した。

もちろんポーシャはその中味が何であるか知っていた。注射器などの医療器具、それに使用する、さまざまな薬品が収められていたのである。それはマリーヌが普段から最も大切に管理しているものだった。

「あなたは、もう注射器だって一人前に扱える立派な看護師よ。そこで明日私がここへ戻って来るまで、子供たちが生き延びていてくれる望みをつなぐためにも、是非、私に代わって実行してもらいたいの」

ポーシャを見つめるマリーヌの眼差しは、真剣そのものだった。

「はい、任せて下さい！」

と、ポーシャは大きく肯いた。

医師の象徴とも言うべきものを躊躇《ためら》わず預けてまで、自らに希望を託そうとするのは、人の命の尊さを何よりも重んじるマリーヌの心の証であり——何としても、彼女の期待に応えねばと、ポーシャは心に受け止めたのだった。

吹き荒れる風に、いつしか雪は激しい横殴りとなり、吹雪と化していた。広場の向こうに立ち並ぶ家々の姿は視界から消え、一面が白色の世界に包まれていた。聞こえて来るのは不気味に轟く風の音だけだった。

そんな状況の最中、マリーヌはオリオンに跨《また》がり、いざ街へ向けて出発しようとしていた。傍らには不安そうな面持ちで見守るポーシャの姿があった。ルーブルはすでに帰宅し、仲間たちも行動に出ていたため、マリーヌを見送ろうとしているのはポーシャ一人きりだった。藁合羽が千切れて吹き飛ばされてしまいそうになるほどの強烈な風と雪に、ポーシャは立ち続けていることさえ、ままならなかった。

厚手の防寒着と手袋にロングブーツ。さらにはフードの上から目の部分だけを残して幾重に布を巻き付けて、マリーヌはできる限りの重装備をしていた。――だが、街へ辿り着くには、この荒れ狂う吹雪の中、広大な大平原を横切って行かねばならないのである。オリオンを軽快に走らせていくわけにはいかず、まして夕刻を迎えるのは、そう遠くなく、途中から夜道になるのは覚悟の上。まさにマリーヌは危険極まりない、命がけの冒険に出ようとしていたのである。

「ではポーシャ、役目を任せたわ」

マリーヌは振り返り、ポーシャに言い残すと、ゆっくりオリオンを歩ませ始めた。その彼の首には、明かりの灯されたカンテラがぶら下げられていた。

背に哀愁を漂わせながら去って行く、マリーヌの後ろ姿をポーシャは複雑な思いで見守っていた。そして雪に紛れて彼女の姿が消えかけようとしていた時……もしかして、これが彼女の見納めになってしまうのではと、ふとポーシャの胸に大きな不安が押し寄せて来るのだった。

「お止め下さい！　マリーヌ先生！」

たまらずポーシャは叫び駆け出した。降り積もった雪を蹴散らし、正面から打ち付ける風と雪の中をもがきながら、必死にマリーヌを追い駆けていくのだった。どよめく風の音にかき消され、ポーシャの声は彼女の耳に届くことはなく、幾度となく転びそうになり、それでも、あらん限りの声で叫び追い続けた。

やがてマリーヌは広場から通りに出て進路を変えると、視界の隅にちらつく何かを感じ取り、それが自らを追いかけて来るポーシャの姿であることに気づいて、すかさずオリオンを止めた。

やっとの思いでポーシャはマリーヌの側にやって来ると、激しく息を切らしながら、

「これで……街へ向かうなんて……とても無理です！　お願いですから……せめて、この雪がおさまるのを待って下さい！」

「明朝までに戻るためには、いつ止むかわからぬ雪など待っていられないわ！　さもなければ、命の危険に晒《さら》される子供たちがいることをあなたもわかってるはずよ！」

と、マリーヌは轟く風の音にかき消されぬように、声を高めながら言った。

「命にかけがえがないのは子供たちばかりではありません！　マリーヌ先生の命だって同じなのです！　先生の身に、もしものことがあったら……わたし……この私は……！」

ポーシャは懸命に訴えるが、止めどなく溢れ出す涙に咽《むせ》び、声が出なくなっていた。

「私の身を案じてくれるあなたの優しい気持ちは、ありがたく心に受け止めておくわ。だけど、これは私自身の決意であるの。ここで思い止まり、子供たちが命を落とすようなことになれば、それは私にとって一生の悔いになるわ。救える望みのある命だからこそ、その可能性を信じ、私はまっとうするわ！」

マリーヌは毅然と言い放った。

「マリーヌ先生……」

ポーシャは、茫然と彼女を見上げながら呟くばかりだった。

子供たちの命を救うためならば、我が身が犠牲になることさえ顧みず、試練に立ち向かおうとする、そんな彼女の確固たる意志に、もはやポーシャには引き止めるすべはなかった。

するとマリーヌは途端に表情を和ませて、

「私には、このオリオンがついているから大丈夫。――必ず明朝には戻ってくるので、どうか私を信じて待ち続けていてちょうだい」

と、穏やかな笑みを浮かべて見せると、再びオリオンを歩ませ始めた。

やがてマリーヌの姿は雪に紛れて消えていき、それでもポーシャは打ち付ける雪風に堪えながら、いつまでもその残像を見送り続けていた。彼女の無事な生還をひたすら祈りつつ――溢れ出す涙は止まることを知らなかった。

「オリオン、今はあなただけが頼りなの。——先ほどここへ導いてくれたように、今度は私を……無事に街中へ導いてちょうだい」

マリーヌはオリオンに言い聞かせて、部落の敷地を出て行った。

いつもなら、まず彼方に見える小高い山を目指し、平原にのびる一本道を突き進んで行くのであるが、降りしきる雪に視界は閉ざされ、道も埋もれ区別がつかなくなっていた。そんな厳しい状況の中を突き進んで行くには、やはりオリオンに備わった動物的本能に委ねる以外なかったのである。

いざ吹きさらしの平原に出てみると、いきなり猛烈な横風にあおられ、マリーヌは体勢を崩して危うく落馬しそうになった。すぐに気を引き締めて、風の抵抗を極力抑えるためにも、姿勢をできるだけ低く身構えて、両膝を踏ん張り、手綱を握り締める手にも一段と力を込めた。容赦なく襲いかかる雪風に、その姿勢を維持するだけでも困難であり、眼を開いていることさえままならず、とても自らの意志でオリオンを操れるものではなかった。しかしオリオンは荒れ狂う吹雪の中、着実に前へ前へと歩み続けていた。

果たして、もう、どれほど進んで来たのだろうか?……視界に広がるのは、白色の世界ばかりであり、奮闘のあまり時間の感覚さえ失い、マリーヌは今、自分がどこにいるのか、まるで見当がつかなかった。ただオリオンが街へ向けて、一歩一歩進み続けているのだと頑なに信じ通していた。

やがて轟く風の音に入り混じり、どこか懐かしさを感じるような聞き覚えのある音が。――それは、ざわめく木の葉の音だった。うっそうと茂る木々に遮られ、雪風が次第に弱まって視界が開けて来ると、マリーヌは思わず歓喜した。目前に現れたのは、あの見慣れた山道の光景だったからだ。やはりオリオンは通い続けた道をしっかり体に染み込ませ、自らを正確に導いてくれていたのである。

繁茂する木々の葉と枝に、すっぽり覆われて、道には積雪がほとんどなく、たちまちオリオンの足取りは軽やかになった。いつも苦痛に思えた起伏の多い山道も、この時ばかりは爽快に感じるのだった。だが、そこを抜ければ、再び過酷な試練が待ち受けているのである。決して気を緩めるわけにはいかなかった。

マリーヌは斜面の木々の狭間に、風よけになりそうな窪地を見つけると、英気を養うために、そこで束の間の休息を取ることにした。枯れた落ち葉を寄せ集め、カンテラの灯火で焚き火を起こし、寒さですっかり冷え切った体を温めた。続いてポーシャから授かった人参と紅芋を携えて来たので、オリオンには人参を――そして自らは紅芋を焚火で温めて食すことにした。ほくほくで甘く香ばしい食感は、何とも言えぬ美味しさであり、心癒される気分になれた。

雪にすっぽり覆われて、普段より薄暗い山の中であるが、取り囲んでいる木々の幹と枝葉が、尚一層黒ずんでいき、まもなく闇の中に吸い込まれようとしていた。夕刻は深まりつつあり、夜の訪れはもう間近だった。いつまでも、ここに腰を落ち着けているわけにはいかない。カンテラの油が尽きぬうちに街に辿り着かねばと思い、マリーヌは道を急ぐことにした。

山道を抜けて大平原に出てみると、再び吹雪が牙を向いた。進路も向かい風の方角へと変わり、猛烈な雪風をもろに正面から受けながら突き進んで行かねばならず、厳しさは一段と増すばかりだった。次々に襲いかかって来る突風に、たまらずオリオンは足を止め、風の合間に歩み出しては、また立ち止まるといった、その連続の繰り返しで苦労は絶えず、なかなか先へ進めなくなっていた。彼の脚力であれば、本来一気に駆け抜けてしまうところだが、それが人の歩む速度にさえ及ばず、これではいつ街に辿り着けるかわからなかった。

辺りはすでに漆黒の闇に包まれて、唯一の道案内であるカンテラの灯火が、オリオンの足元と、わずか前方を仄かに照らしていたが、そのカンテラも強風に煽《あお》られて暴れまくり、今にも悲鳴を上げそうになっていた。どんな強風にも耐えうる頑強なつくりではあるが、この荒れ狂う吹雪の中では、そんな保障はないだろう。街に辿り着くまで持ち堪えてくれることをマリーヌは切に祈り続けた。——だが、それは虚しくもついえ去ってしまうのだった。

突如、一陣の突風が表層の雪を巻き上げながら通り過ぎていった。それはオリオンの上半身を浮き上がらせるほどの凄まじさであり、あっという間にマリーヌの身体は宙を舞うように、雪上へと投げ出されていた。それと同時に紐が千切れて、カンテラも吹き飛ばされて、まるでゴム毬が弾むように、どこまでも転がっていき、やがて彼方でパッと炎が弾けて、闇の中に吸い込まれるように消えていった。

幸いにも深く降り積もった雪がクッションとなり、マリーヌは怪我もなく無事で済んだが、ふと気づいてみると、辺りは一筋の光すらない完全なる暗闇と化していた。今まで一心同体でいたオリオンの気配が、傍らにないことにマリーヌはひどく焦りを感じた。ここで彼とはぐれて、この猛吹雪の中の暗黒の世界に、一人取り残されてしまえば、それは我が身が終焉を迎えるのも同然であり、すなわち子供たちの命を救う望みは叶わなくなってしまうのである。

「オリオーン――！　オリオーン――！」

マリーヌは叫んでみても、聞こえて来るのは吹き荒れる風の音ばかりだった。深く降り積もった雪に足を取られ、容赦なく襲いかかって来る雪風に、マリーヌは立ち上がれるどころか、身体の自由がほとんど利かなくなっていた。自らの生涯をこんな無念な結果で終わらせるわけにはいかない。何が何でも生き延びて街へ辿り着くのだという思いで、

「どこ！　どこにいるの！　オリオーン！」

と、マリーヌは叫びながら、無我夢中で雪上を這いずり回り、手探りでオリオンを見つけ出そうとするのだった。それは、まさに本能による行動になっていた。

するとその時、

「――ヒヒヒヒ、ヒーン！」

どこからか、オリオンのいななきが響いてきた。

ふと我に返ったマリーヌは、まだ神が我を見捨てていないことに、ほっと安堵の胸を撫で下ろして、

「私はここ！　ここにいるわ！」

と声をからして叫び、自らの居場所を伝えた。

やがてオリオンが傍らにやって来て、彼の身体に触れたとき――まるで久々の再会のように思えて、マリーヌの心は大きな歓喜に包まれた。

過酷な旅が再び始まった。

吹き付ける風に苦労しながらも、オリオンは暗闇の中を黙々と前に進み続けていた。あたかも街まで続く道をすべて見通せているかのように……それは幸いだった。彼が歩き続けている限り、希望の光が途切れてしまうことはないからだ。

すでにマリーヌの体力は消耗しきっていて、手綱を握り締め続ける握力さえ失っていた。オリオンの首に両腕を回してしがみ付き、やっとの思いで強風に耐えていたのである。身体は完全に冷え切り、寒さなどまるで感じなくなっていた。

――何という心地よさだろうか……オリオンの首に頬を押し当て寄り添っているマリーヌは、いつしか夢心地気分になっていた。一難去って、また一難……。今度は急激なる睡魔が襲いかかってきたのである。このまま眠り込んでしまえば、凍え死にしてしまうのは必至だ。マリーヌは歯をギュッと食いしばり、頭を激しく横に揺さぶって、必死に堪えようとするが、意

識は遠のいていくばかりで、やがて暗闇の中に見えるはずのない光さえ現れ始めていた。虚ろながらにも、一瞬マリーヌは思った。幻覚を見るようでは、もうお終いなのかもしれないと。

——もはや気力まで限界に達しているのだろうか……。

視界を横切るように連なる幾つもの小さな光が、降りしきる雪の向こうで揺らぎ、見え隠れしていた。あれは、もしや！……マリーヌはハッとして、たちまち意識が鮮明になった。それは幻覚ではなく、街中に整然と立ち並ぶガス灯の灯火であることを確信したからだ。その瞬間、睡魔は一気に吹き飛び、新たな活力がみなぎってくるのだった。マリーヌは嬉しかった。涙が出るほどに嬉しかった。自らを確実に街まで導いてくれていたオリオンに、感謝の気持ちでいっぱいになっていた。


マリーヌが街に辿り着いたのは、すっかり夜も更けた頃だった。大平原に比べれば雪風はかなり弱まって、ようやくマリーヌ自身でオリオンを操れるようになっていた。雪に覆い尽くされた通りには、行きかう馬車や人々の姿はなく、街全体が冬眠に就いているような静けさだった。

やがてマリーヌは、つい先日まで自らが勤めていた病院の前にやってきた。煉瓦《れんが》造りの大きな三階建て。街中でひと際目立つ建物だった。すでに明かりは消え落ち、玄関の扉も閉ざされていた。中に誰かしらスタッフはいるはずだが、目当てのワクチンを手に入れるには、まずは院長に掛け合ってみる必要があった。今や自分はこの病院のスタッフではないのである。いかなる医薬品も無断で使用するわけにはいかず、当然ながら最高責任者である彼の許可を得なくてはならない。しかしながら、そこには、またしても大きな試練が待ち受けていたのである。

院長はマリーヌの医師の才能を見抜き、卵の頃から手厚く育て上げて来た人物だった。日頃から彼女を病院の逸材として寵愛し、将来的には自らの後継者にと期待を寄せていたほどに——ところが突如差し出された彼女の辞表によって、その望みは儚《はかな》くも崩れ去り、彼は大きく失望するばかりか、それを裏切りと捉えていたのである。それはマリーヌ自身も理解していることであり、それだけにすんなり事が運ぶはずないことはわかりきっていたが、とにかく覚悟を決めて臨むしかなかった。

この時間帯では院長は、もう病院にはいないはずである。そこでマリーヌはオリオンを中庭の木々の下に休ませて、病院の建屋のすぐ裏手にある彼の自宅へと足を向けた。院長という役職に相応しい二階建ての立派な家だった。

マリーヌが玄関脇に吊るされた呼び鈴の紐を引くと、甲高いベルの音が鳴り響いた。

「ごめん下さい！　院長はご在宅でしょうか！」

しばらくすると中で人の気配がして、

「こんな時間に、一体、誰かね？　……また急患でも運び込まれたのかね？」

と、かすれた男の声が聞こえて来た。院長本人だった。

どうやら病院のスタッフと思い込んだらしく、しかも聞こえてきたのが女性の声であり、院長は躊躇うことなく、開閉式の玄関のドアを開けた。すっかり頭の禿げあがった老人が、半分ほど開いたドアの陰から顔を覗かせて、そして手にしているランプがマリーヌの姿を照らし出した瞬間、彼の顔つきは一変した。まるで敵意をむき出しするかのような様相に……。

「突然、このような夜分に申し訳ございません。実は院長にたってのお願いがあり伺いました。まずはお話を聞いて頂きたいのです」

と、マリーヌはきちっと頭を下げながら、礼儀正しく言ったが、院長は冷ややかな視線を浴びせながら、

「――よくも、ノコノコと私の前に顔を出せたものだね」

マリーヌが面前にいるだけでも、不快といった様子だった。しかし、そんなことで怯んでいるわけにはいかず、マリーヌは真っ直ぐに院長の顔を見つめながら、

「実は今、流行り病に命を落としかけている子供たちがおります。一刻を争う事態でもあるのです。そこで、どうか、この私に治療薬のワクチン……〝ペニラーゼ〟を分けて頂きたいのです」

と、あからさまに本題を切り出してみるも、院長は微塵も態度を変えることなく、

「君がアイズカラーを持たぬ部族のために、医療活動を行っていることは、すでに私も噂に聞いて知っている。その子供たちというのも、どうせ、そこに暮らす者たちだろう……そんな者たちに分け与える薬が、うちの病院にあると思ってるのかね……？」

その彼の発言はマリーヌにとって、まさに冷酷と取れるものだった。その場で反論したい気

持ちはあったが――ここは、じっと堪えて、

「どうぞ、私の願いをお聞き届け下さい！　何卒、この通りでございます！」

雪が降り積もり、凍りつくような冷たさの地べたの上に跪《ひざまず》き、マリーヌは院長に向かって深く頭を下げて懇願した。しかし院長は軽薄な顔つきで、

「そんな行動に出ても無駄だよ。君ほどの優れた身分でありながら、しかも医師の才能に長けた君自ら率先して、そのような者たちに関わっていくとは情けない。私ばかりか病院中のスタッフ皆が呆れているんだ。君が知事を務めるアンドレオール伯爵様の愛娘であろうと、そんな願いなど聞き入れる気はない！　さあ帰れ！　すぐに帰るんだ！　そして、こんりんざい私の前に姿を現すんじゃない！」

と、マリーヌを頭ごなしに怒鳴りつけ、無情にもドアを閉ざしてしまうのだった。

「お待ち下さい！　院長！　院長……！」

マリーヌはドアを叩きながら必死に叫んでみても、彼は奥へと消えていき、もう二度と戻って来る気配はなかった。

途方に暮れながらマリーヌはオリオンの側に戻ってきた。落胆している彼女の様子に気づいてか、寂しそうな眼差しを向けていた。

しかしマリーヌは、このままおめおめと引き下がっているわけにはいかなかった。街中の子供たちの命は救われて、部落の子供たちの命が救われない。そんな愚かな道理などあるはずが

ない。

病院の建物と渡り廊下で結ばれた平屋の建物があり、そこが薬品庫になっていた。振り返りそれを見つめるマリーヌの眼がギラリと輝いた。この一刻を争う状況の中、もはや残されている手段は、ただ一つ。そこへ忍び込みワクチンを持ち帰る以外に方法はなかった。そしてついにマリーヌは、その大胆ともいえる行動に出ることを決意したのである。

長年勤めていた病院であり、マリーヌは薬品庫の内部のことは知りつくしていた。中に入れさえすれば、目当てのワクチンは簡単に手に入れることができる。だが、入口には頑丈な鍵が掛けられ、到底そこから入るのは不可能だった。侵入できるとすれば、中庭に面した壁に一つだけある窓しかなく、そこも鉄枠の格子に塞がれていたが、それを外す絶好の方法をマリーヌはすでに思い付いていたのである。

そのためにはスコップと長めの丈夫なロープが必要だった。幸いにも病院の物置に双方が揃っており、すかさずマリーヌはそれらを持ち出してくると、まずはスコップで降り積もった中庭の雪を建屋から垂直にのびる一本道になるようにかき分けていった。続いてオリオンを窓の側に移動させて、そしてロープの先端を彼の身体と格子枠のそれぞれにしっかり結びつけ、準備は完了した。オリオンの馬力を利用して、鉄枠の格子を強引に剝ぎ取ろうという算段だった。

マリーヌは、いざオリオンの背に跨ると、

「オリオン！　正面目がけて思いっきり突き進むのよ！　ハイヤー……！」

マリーヌの気合のこもった掛け声と共に、オリオンは鮮やかな瞬発力で駆け出した。コイル状に束ねられたロープが、みるみるうちに伸びていき、やがてピンと張った一本の直線になった瞬間、

『ガシャーン……！』

と、凄まじい炸裂音を轟かせて、格子枠は壁から外れて地べたに落下した。

マリーヌはオリオンを旋回させて再び薬品庫の前に戻ってくると、すぐさま地面に飛び降りて、彼の身体に結び付けたロープを外し、そしてスコップで窓ガラスを叩き割り、見事侵入に成功したのだった。

事は難なく済んでいた。

「――薬品庫の方だぞ！」

「おい、急げ！」

遠くで男たちの叫び声がした。病院に駐在している警備員だった。

しかし彼らが駆け付けた時には、もう遅く……すでにマリーヌはオリオンとともにその場から立ち去っていた。

マリーヌは休む間もなくそのまま部落へ引き返した。街中を出て、そして真夜中の大平原を突き進んでいたのである。いつしか吹雪はすっかり治まって、雲の切れ間から銀河の星々が姿

を現し、次第に夜空を覆い尽くしていった。カンテラがなくとも、その輝く星々の明かりで道案内は十分だった。シルエットのようにぼんやりと見える彼方の小高い山々。――まずは、その一つを目指して行けばよかった。風も弱まり、行きに比べれば断然苦労は和らいでいたが、深く降り積もった雪の中、オリオンを一歩一歩、歩ませていかねばならず、まして極寒であることには変わりなく、厳しさはまだまだ続いていた。しかも夜通し奮闘し続けていれば、マリーヌばかりかオリオンの疲労も極限に達していることは言うまでもなく、もはや気力のみとなっていたが、静かに見守る銀河の星々が心を癒してくれ、勇気と希望を与えてくれていたのである。

空がだんだん白み始めてくると、空に吸い込まれるように星々は消えていき、やがて地平線に太陽が顔を覗かせた。視界に白銀の世界が開けていき、無数の光の粒が雪原に弾けて鮮やかに煌《きら》めいていた。まるで宝石を敷き詰めた絨毯の上を歩んでいるようであり、その何とも言えぬ美しさにマリーヌは魅了された。それは、まさに至福のひと時であり、これまでの苦難が幻のように感じられ、自らの生命が、今こうして存在している喜びをまざまざと実感するのだった。ふと気づけば目指す小高い山も、もう間近。――マリーヌの心にさらなる英気がみなぎってきていた。

大平原から山道へ入った頃には、太陽はかなり高くなっていた。約束した朝の時間帯は、とうに過ぎていたが、部落までは、もうひと踏ん張りである。ようやく先が見えて来ると、マリーヌはミロとラモのことが大いに気になり始めていた。ルーブルとの約束を守るためにも、二人の命が持ち堪えてくれていることを切に祈り続けるばかりだった。

そして、ついにその山道も抜けて、後は部落に向けて真っ直ぐに伸びる一本道を残すばかりになっていた。当然ながら、そこも雪に埋もれて区別がつかなくなっているはずだが、ところが目前に現れた予想もし得ない光景に、マリーヌは目を見張った。降り積もった雪が両脇にかき分けられ、本来の道が姿を現していたからである。まるでマリーヌとオリオンを導くかのように……それは、どこまでもずっと続いていた。マリーヌはすぐに事情を理解した。部落までは、まだ、ここから数キロに及ぶ長い道のりであるが、それを部落の人たちが総出となり、夜通し雪かきの作業を行ってくれたのだと——。

「さあ、オリオン！　一気に駆け抜けるわよ！」

マリーヌの弾むような声に、オリオンは最後の力を振り絞って疾走し始めた。

やがて部落の敷地が遠くに見えて来て、みるみるうちに近づいていった。出入り口にはマリーヌを出迎えようと大勢の人が集まっていた。そして彼女が敷地に駆け込んだ瞬間、どっと溢れんばかりの拍手と歓声が沸き上がり、人々が次々に傍らに群がって来た。

「ご苦労様です！　マリーヌ先生！」

と、真っ先に駆け寄って来たポーシャが労いの言葉をかけると、マリーヌは振り返り、

「ミロとラモの容体はどうかしら……？」

と、不安そうに訊いた。

「大丈夫です！　二人とも、しっかり持ち堪えています！」

ポーシャは眼を輝かせながら言った。

「そう。よかったわ」

マリーヌは笑顔を浮かべて見せると、懐から薬の容器を取り出して、ポーシャに手渡すと、

「では、この薬をすぐ二人に。そして、他の子供たちにも……」

と言い終える間もなく、彼女の顔からスーッと血の気が引いていき、そのまま意識を失ってしまうのだった。自らの役目を成し遂げて、ほっと安堵の胸を撫で下ろした途端、これまで蓄積されて来た疲労が、一気に襲いかかって来たのである。姿勢がゆっくり傾いて、オリオンの背から滑り落ちていくマリーヌの身体を傍らにいる大人たちが、しっかり受け止めた。そしてオリオンも、その場にしゃがみ込み、頭をうな垂れて静かに目を閉じていた。もちろん彼とて同様だった。気力、体力とも完全に消耗しきっていたのである。

その光景を目の当たりにして、茫然となるポーシャだったが、両手で大切に握り締めている薬の容器に、ふと眼を落とすと、――この薬を持ち帰るために、マリーヌがどれほど過酷な試練に挑んできたのか……それは想像を絶するものに違いないと思った。たった一晩で、見る影もなくやつれ果てた彼女の表情が、何よりもそれを物語っていた。

「ポーシャ！　何をぐずぐずしてるのだ！　ミロとラモのところへ急ぐのだ！」

「マリーヌ先生とオリオンのことは、あたしらに任せなさい！」

張り上げるコゼフとジェーシャの声に、ふと我に返ったポーシャは、すかさず身を翻して、足早にミロとラモのところへ向かった。

第三章　愛情の連鎖

一

　こうしてマリーヌの苦労が報われて、ミロとラモの兄弟、そして部落のすべての子供たちの命は救われたのだった。

　一方、そのマリーヌはというと、それから二日間ぐっすり眠り続けて、目覚めた三日目の朝には、体力が十分に回復しきれないまま部落を去って行った。しかし、それ以来、彼女が再び部落に姿を現すことはなかったのである。

　やがて、ひと月が過ぎた。その頃は季節も冬から春へ移り始めようとしていた。まもなく労役に駆り出されている人々が帰郷する時期であり、部落の誰しもが、待ち焦がれた再会に胸をときめかせていたが、反面、マリーヌの身に何かよからぬ事態が起きたのではと、不安を募らせてもいた。

　そこでポーシャは事情を確かめるために、マリーヌを訪ねてみることを決意したのである。もちろん彼女の家がどこにあるのか知るはずもなかったが、以前、こんな話を聞かされていた。

それは街中を流れる川の辺にあり、先の尖った赤い三角の屋根が目新しく、遠くからでも、とてもよく目立つのだという。敷地には馬小屋があり、現在、そこでヨハンが馬番の役目を授かっている。——ポーシャが知っているのは、それぐらいだった。それを頼りに、広い街中から、その家を見つけ出すのは、極めて困難かもしれない。しかし待ち望んでいたヨハンと再会できる機会でもあり、それを思うとポーシャの心は複雑ながらも、居ても立ってもいられなくなっていたのである。

穏やかな朝日が降りそそぐ、ある日の早朝、紅芋と水を詰め込んだ麻袋を背負い、ポーシャは不安と期待を胸に部落を旅立った。五時間以上の長い道のりを歩き続けて、ポーシャが街中へ入った頃には、すでに昼を回っていた。正念場はそこからだ。先の尖った赤い三角の屋根の建物。まずはそれを見つけ出すことである。

街中には幾本もの川が流れていて、マリーヌの家がどの川の辺にあるのかさえ見当がつかず、そこでポーシャは街の中央を貫く大通りを進んで行き、差し掛かった橋の川から順番に探していくことにした。そこから川沿いに延びる道を上流へ向かって街外れまで歩いていき、見つからなければ引き返し、今度は下流の方へ足を運び、それでも駄目なら再び元の場所へ戻ってと——それを川から川へと渡り歩いて、彼女の家が見つかるまで繰り返していくのである。実に根気のいることだが、街中で迷って、さまよい歩くことを考えれば、それが最も堅実な方法と思えたからだ。

ポーシャは足を棒にして歩き続けて、ようやくそれらしき建物を発見したのは、三本目の川を上流側に向かって進んでいるときだった。まもなく日が暮れようとしていた。立ち並ぶ建物はまばらとなり、田園の光景が目立ち始めて、そこは、もう街外れに近かった。遠くに架かる橋の向こうに、夕日に包まれて、その赤い三角の屋根の建物だけがポーシャの眼には映っていた。鋼のように重くなった足を引きずるようにして、ポーシャはまっしぐらに突き進んで行った。それがマリーヌの家であることを祈りながら……。

やがてポーシャはその建物の側へとやって来た。これまで見てきた、どの家よりも大きく、敷地も公園のように広く、そこはまさに屋敷だった。先の尖った屋根が、まるで城を思わせるようであり、奥の方には馬小屋らしき建屋も確かに存在していた。敷地を取り囲む塀や門などはなく、ひしめくように立ち並ぶ木立が周りを包み、入口には表札の立て看板が据えられていた。〝アンドレオール〟と書かれた文字が読み取れても、ポーシャはその意味がわからなかった。名字というものの存在を知らなかったのである。

ふとポーシャは玄関の前に横付けされている一台の馬車に眼をやった。その瞬間、ポーシャは思わず息をのみ、眼を見開いた。それはまさしく、マリーヌと街中で初めて出会った時、部落まで送り届けてくれた、あの馬車であることに気づいたからだ。ここがマリーヌの自宅であるのは間違いない――！　ついに念願の目的地に辿り着いたことを確信したのである。

自ずと足が動き始めて、ポーシャは敷地を横切り、馬小屋と思われる建物の傍らにやって来た。そして両翼の扉の脇にある小窓から、そっと中を窺ってみると、そこにはオリオンと、さらに白と茶色の二頭の馬の姿があった。彼らは馬車を引いていた、あの二頭であり、三頭は木枠で仕切られた、それぞれの部屋に横一列に並び、首をもたげて食事をしている最中だった。そのランプの灯火に照らし出された光景を眺めていると、心がほのぼのとしてきて、ポーシャの口元がほころび始めていた。

「そんなに馬が好きなのかい？　なんなら、中に入って見てもいいんだよ」

突然、背後から声を掛けられて、ポーシャはハッとして振り返った。

すでに日は暮れて、黄昏《たそがれ》色に包まれた空の下、一人の男がさり気なく立っていた。よれよれのオーバーオールと帽子、そして長靴、手には大きなバケツをぶら下げていた。ここに暮らす者にしては、とても似つかわしくない身なりだった。男は爽やかな笑みを浮かべながら、ポーシャの方を見つめていた。

その人物はまさしくヨハンであり、みるみるうちにポーシャの顔が笑顔に包まれていき、

「ヨハン！　私よ。――ポーシャよ！」

「ポーシャ！　なぜ、ここに……？」

ヨハンは驚きの余り呆然とするばかりだった。ともかく、こうして二人は待望の再会を果たせたのである。

ヨハンはポーシャを建屋の中へ案内すると、天井に吊るされたランプに火を灯した。薄暗い

室内が照らし出されると、そこは納屋になっていた。正面の突き当りには馬小屋へ通じる大きな引き戸があり、それを境に右手には、さまざまな馬具、手押し車やスコップなど馬の世話をするためのたくさんの道具が置かれていた。左手には、馬の寝床に使用すると思われる干し藁が山のように積み上げてあり、入口のすぐ脇の極わずかな空間が、小さな部屋の造りになっていた。簡素なベッド、古びたテーブルと丸椅子、錆びかけたストーブなどが所狭しとばかりに並んでいた。どうやら、そこがヨハンの普段の住家のようだ。その質素な光景は自らの家と比べてみても、大差なくポーシャは安堵と居心地の良ささえ感じた。

ヨハンはポーシャを部屋へ招き入れると、おぼつかない足取りで歩く彼女に向かって、

「見たところ、かなり疲れ切っているようだ。ここに辿り着くまで一日中歩き通しだったのだろう。そこの藁に寄りかかってくつろぐといい」

と、部屋の方まで押し寄せてきている藁を指差しながら言った。

ポーシャはヨハンの勧める通りにしてみた。それは自然さながらのソファーといった感じで、身体を包み込むその柔らかい感触に、

「何という心地よさかしら……今にも眠ってしまいそうよ」

と、たまらずうっとりなっていた。

するとヨハンはストーブにヤカンを掛けて火を灯した。そしてテーブル越しの丸椅子に腰を落ち着けると、真剣な眼差しでポーシャを見つめながら、

「ここを訪れた本来の理由……それはマリーヌ様のことを案じていたからではないかな？」

出し抜けとも言える彼の問いかけに、すぐさまポーシャは真顔に戻って、

「確かに、その通りよ。だけど、こうしてヨハンに再会できたことも、とても嬉しく思っているわ」

ヨハンはマリーヌについて何か事情を知っている様子だった。しかしそれを尋ねてみる前に、まずポーシャは、自分がここを訪ねるに至った経緯を打ち明けることにした。

流行り病に侵されて死にかけている子供たちの命を救うために、一刻を争う状況の下、マリーヌが猛吹雪の中、我が身が犠牲になることを顧みず街中へと出向き、夜通しかけて持ち帰った薬のお蔭で、部落すべての子供たちの命が救われた事実を語ったのである。その結果、彼女が精根尽き果て、すっかり変わり果てた姿となって生還したことも……そしてそれ以来、彼女は部落に姿を現すことはなく、それを不安に思い、こうして訪れてみたのだと——。

「まさか、そのような事があったとは思いもよらなかった！」

と、声を唸らせながら言うヨハンの顔は、すこぶる強ばっていた。

年明けすぐに起きた、あの猛吹雪の日のことは、彼もはっきり記憶に留めていた。特に夕刻以降は、この建屋から一歩も外に出られずにいたほどの凄まじさであり、まさかその頃マリーヌが、荒れ狂う吹雪の大平原を突き進んでいたとはヨハンは夢にも思わなかった。しかも一昼夜を費やして部落と街中の長い道のりを往復したのであるから、それは想像を絶するほど過酷

なものであったはず。自らの命を投げ出して挑んだその行動に、人の命の尊さを思う彼女の心の証をまざまざと痛感させられて、ヨハンは強く心を打たれるのだった。

「ねえヨハン、マリーヌ先生は、今どうしてるのかしら？　知ってるなら教えてほしいの」

ポーシャは本題を切り出してみた。

「それが、ここひと月ほど、この敷地から一歩も外へ出ることなく、家にこもったままでいるみたいなのだ」

「――では、部落から戻って以来、ずっと体の具合がすぐれないでいるのね……？」

「時折り、私に差し入れを持ってここに姿を現すが……見たところ、そういうわけでもなさそうなのだ」

「マリーヌ先生は一体どうしてしまったというの……？」

「あいにく事情はわからない。微笑みさえ浮かべては見せてくれるものの……それは、どこかぎこちなく、暗い影を潜めているようであり、何か深刻な事情を抱え込んでしまっているのは明らかなようだ」

「たとえ、どんな困難に遭《あ》おうとも、マリーヌ先生であれば、それを自らの力で乗り越えようとするはずよ。家に引きこもったまま、じっとしてるなんて、とても信じられないわ」

と、ポーシャは納得いかない様子で言った。

「それは私も同感さ。あえて問いかけてみたい気もするが、事情を打ち明けてもらったところで、この私には、何の力になって上げられるはずもない。無力な自分自身に、もどかしささえ感じているのだ」

ヨハンは肩を落としながら、大きく息を吐いた。

そこで二人の会話は途切れた。グラグラと煮立つヤカンの湯の音が室内に響き渡っていた。

ヨハンは丸椅子から腰を上げると、その湯で茶を入れてポーシャに差し出した。白湯しか口にしたことがない彼女にとって、その琥珀色の飲み物は一見神秘的にも思えたが、いざ口にしてみると、大変美味で、身も心も癒される気分になれた。

テーブルには白い布が掛けられた皿が置いてあり、ヨハンは布を取り去ると、

「実は、これもマリーヌ様が先ほど差し入れてくれたものでね。もちろん彼女がこさえてきてくれたものさ」

皿の上には、ふっくらとした、真っ白なお結びが二つ並んでいた。

「まあ、これは、お米なのね！」

と、ポーシャは眼を見開きながら言った。部落でも稲作を行っているが、税として納めるために栽培しているものであり、よってポーシャはこれまで一度たりとも米を口にしたことがなかったのである。

するとヨハンは皿を手に取り、ポーシャの前に差し出すと、

「きっとお腹を空かせてるはず。さあ、ポーシャも一つ召し上がってごらんなさい」

携えてきたわずかばかりの紅芋は、すでに昼間のうちに平らげてしまい、見るからに美味しそうなお結びに、ポーシャの空腹感は一気に高まっていくばかりだった。

「ありがとう、ヨハン。では遠慮なく頂きます」

ポーシャは笑顔で言うと、きちっと両手を合わせて恒例の食前の祈りを捧げた。そして初めて食す米の味の期待感を胸に、一つを手に取り口に運んだ。噛みしめてみると、たちまち豊かな味覚が口の中いっぱいに広がって、やがて喉元を通り過ぎると、

「お米って、こんなに美味しいものだったの！」

と、ポーシャは感激に溢れる様子で言った。

「口に合ったようでよかった。ポーシャに喜んでもらえるなら何よりさ」

と、ヨハンは満足そうな笑みを浮かべながら言った。しかしその言葉は彼女の耳には届いてないようで、ポーシャは身体を固めて、握り締めたお結びをぼんやり見つめながら、

「このお結びを――おじいちゃんやルーブル、そしてアンヌにも……部落の人たちみんなに食べさせて上げたいわ」

と感慨にふける様子で言うのだった。

心優しきゆえに、そのような思いに駆り立てられてしまっているのだと、彼女の心境を察したヨハンは、

「一日中歩き続けて苦労をし、ここを訪ねて来たのだ。それは労をねぎらう意味での細やかな

る褒美《ほうび》さ。そう心に受け止めて頂きなさい。――そのお結びにはマリーヌ様の真心がたっぷり込められている。それをポーシャに感じ取ってもらえるなら私は申し分ないのだ」

ポーシャは大きく肯いた。そして再びお結びを口に運んだ。嚙みしめれば嚙みしめるほどマリーヌの真心が体に溶け込んでいくようであり、彼女に無性に会いたい気持ちが湧き上がってくるのだった。

「ねえヨハン……一目でもいいの。マリーヌ先生に会わせてもらえないかしら？」

「それを願って、遥々《はるばる》ここを訪れたのだ。もちろん、そうして上げるさ。母屋の方にいるはずなので、早速、呼んで来ることにしよう」

ヨハンは立ち上がり戸口へと向かった。そして引き戸を開いた時である。いきなり目の前に現れた人影にヨハンは驚いた。彼の行く手を遮《さえぎ》るように、アンドレオール伯爵が立ちはだかっていたのである。敷地の中を覗き込んでいる、怪しげな少女を見かけたという話をジョセフから聞かされ、ふと気になり様子を窺いにきていたのだった。

「だ、旦那様……！」

威圧感あふれる彼の姿に圧倒されて、ヨハンは思わず後ずさりした。

「話はすべて聞かせてもらった」

伯爵はズカズカと建屋へ入って来ると、値踏みするような眼差しでポーシャを見つめた。彼女の粗末な身なりに、目をくれたのは一瞬であり、すぐにヨハンに向き直り、鋭い視線を浴び

せながら、

「ヨハン、やはりおまえは〝紅の里〟の部族だったのか！　労役から逃れようと、アイズカラーと記憶を失ったと偽り、ここに居座り続けるとは、何という不届きな奴だ！」

「それは誤解にございます！」と、ポーシャが口を開いて、

「確かに私は、その部落に暮らす者ですが、彼は違います。アイズカラーと記憶をなくしているために、自らがどこの誰なのかわからず、帰る場所もなく、それで仕方なく留まっていただけなのです」

と事情を説明するが、伯爵はまるで聞き入れる素振りも見せず、

「黙れ、小娘！」

と、ポーシャを一喝した。

「この少女の話すことは本当だが、たとえ信じてもらえなくとも私は構わない。とにかく彼女は、部落の人々のために医療を捧げてくれているマリーヌ様を大いに尊敬し、心から慕っている。部落に姿を現さなくなった彼女の身を案じ、こうして遙々訪ねて来たのだ。そこで旦那様に一つ願いを聞いて頂きたい。——どうか一目でも、彼女をマリーヌ様に会わせて上げてほしいのだ！」

ヨハンは伯爵に懇願した。

「主であるこの私に、相変わらずロクな敬語も話せずに、よくも、そのようなことを頼めたも

のだな」と、伯爵は口元に冷笑を浮かべながら言うと、途端に表情を引き締めて、

「何も事情を知らぬおまえらに、誰がそのようなことなど認めるものか！」

と、きっぱりと断るのだった。

何やら意味ありげとも取れるその言葉に、ヨハンは、

「実は、マリーヌ様がずっと家にこもったままでいるようなので、私はとても気にかけていたが、もしや……事情というのは、それに関わることなのだろうか？」

「いかにも、その通りだ！」と、伯爵は力強く肯《うなず》くと、

「ならば今ここで、おまえらにすべてを打ち明けてやろうではないか！　――いいか、よく聞け！」

たちまちヨハンとポーシャの視線が伯爵に釘付けになった。

すると伯爵は改まった様子で口を開いて、

「それは、あの猛吹雪の日の晩のことだ。――マリーヌはかつて勤めていた病院の薬品庫の建屋を破壊し、中へ忍び込んで薬を持ち出し、そのまま行方をくらました。数日後、警備局へ出頭し自らの行為であることを告白したが……犯罪を犯したことは紛れもない事実。そのため医師の免許をはく奪され、今後その罪を償わなくてはならない。よって後日裁判が待ち受けており、マリーヌが一切外出することなく家に留まり続けているのは、それまで自宅謹慎を命じられてるからなのだ。なぜマリーヌがそのような行為に及んだのか、それは先ほどその小娘が語

ていたことから、もう事情はわかるはずだ」

驚愕の真実にヨハンとポーシャは、ただ眼を見開き呆然とするばかりだった。部落の子供たちの命を救うために、自らが犠牲になることを顧みず果敢に挑み、マリーヌは見事その目的を成し遂げたのである。英雄と称えられるべきはずが、皮肉にも犯罪者として扱われてしまうとは……二人は心に、この上ない衝撃を受けた。

伯爵はさらに話を続けて、

「その元凶はおまえらだ！　おまえらが我が娘の将来をめちゃくちゃにしてくれたのだ！　それなのに、のうのうと米など食いおって！」

語っていくうちに伯爵の感情は高まっていくばかりで、怒りの矛先はヨハンとポーシャに向けられていた。

伯爵は、いきなりヨハンの襟首を鷲づかみして、そのまま馬小屋の方へと引っ張って行った。そして馬の寝床の干し藁の上に跪《ひざまず》かせると、

「さあ、食え！　おまえはこれを食うのが相応しい！」

と、ヨハンの顔を無理やり転がる馬糞に押し付けるのだった。

「お願いでございます！　どうぞ、お止め下さい！」

後を追って来たポーシャが、伯爵の衣服を掴み必死に懇願した。

「えーい！　汚らわしい！」

伯爵は彼女の手を振り払うと、固めた拳を振り上げて、今にもポーシャ目がけて打ち据えようとしていた。

「やめろ！」

ヨハンは叫び、とっさに伯爵の身体を突き飛ばした。振り下ろされた拳が空を切り、その反動で伯爵の身体が激しく地べたを転がった。喧騒な様相に動揺した馬たちが、次々に雄叫びを上げていた。

「よくも、主人の私に向かって！　――もう、許さん！」

伯爵は、ものすごい形相でヨハンを睨み付けながら腰を上げた。その眼は煌々と黄色く光り輝いていた。アイズカラーを発していたのである。自らの意志でなく、急激な感情の高ぶりから、そうなっていたのだ。ついに彼の怒りは頂点に達し、今まさにヨハンに向けて、アイレーザーを放とうとする勢いだった。

それを瞬時に察知したポーシャは、

「危ない！」

と叫び、二人の間に身を割り込ませた。――と、同時に伯爵の両目から二筋の黄色い光が放たれて、ポーシャの背中にもろに炸裂した。一瞬、全身が黄色いプラズマに包まれ、たちまち崩れ落ちていく彼女の身体をかろうじてヨハンが受け止めた。しかし、その時すでにポーシャの意識はなかったのである。

「ポーシャ！　ポーシャ！」

ヨハンがしきりに呼びかけてみても、まるで反応はなかった。

先に述べたことであるが、高位の階級の者が放ったアイレーザーを下位の者が浴びると、その場で呪縛にかかってしまうのである。ポーシャはその状態にあったのだ。

「このような者たちに向けて、アイレーザーを放つとは、この私としたことが……ヨハン、おまえの務めも今日までだ。明日にでも、ここから出て行ってもらおう」

と、伯爵は冷ややかな口調で言い残すと、建屋の正面にある両翼の扉を押し開けて、無情にも、何事もなかったかのように、立ち去ってしまうのだった。

ヨハンはポーシャの身体を両腕で包みながら地べたにしゃがみ込み、途方に暮れていた。自らがここを去るのは構わないが、その前にポーシャの呪縛だけは何としても解いて上げなくてはならない。それが可能なのは、呪縛をかけた者と同等以上の階級のアイズカラーを所持する人物に限られるはずであり、そうなると、やはり頼りになるのはマリーヌをおいて他にいないようだ。――そう思い巡らしている時である。

「ヨハン！　一体、どうしたことなの……？」

開け放たれた扉の向こうから張り上げる声が……マリーヌだった。馬の雄叫びが母屋の方まで響き渡り、気になって駆け付けて来たのである。

じっと地べたにしゃがみ込んだままのヨハン。腕の中には、ぐったりしている少女の姿があ

り、彼女がポーシャであることに、マリーヌは気づくと、

「ポーシャ……！」

と、足早に歩み寄って来た。マリーヌの心は驚きと混乱に包まれていた。

「実は、彼女はアイレーザーによって、呪縛にかけられてしまったのだ」

ヨハンはポーシャの方に視線を落したまま言った。

「何ですって！」と、マリーヌは叫ぶように言うと、

「――お父様ね。お父様の仕業なのね！」

思い起こしてみると、ここへ来る途中、廊下で鉢合わせた父親の様子は、どこか奇妙なものだった。すこぶる険相な顔つきをしていたばかりか、衣服が、ひどく泥で汚れ、マリーヌが不思議に思い問いかけてみても、視線さえ合わせることなく、無言のまま通り過ぎてしまったからだ。最近、自らのことで頭を悩まし、心を取り乱しているだけに、今の彼であれば、そんなこともやりかねないと、そうマリーヌは思ったのである。

「旦那様の怒りに触れてしまい、本来この私が犠牲になっていたものを……それを彼女自ら盾となり、見ての通りこの有り様に……」

ヨハンは沈痛な面持ちで言った。

すでにマリーヌはヨハンの顔が馬糞で汚れていることにも気づいていた。父親が二人に対してどれほどひどい仕打ちをしたのか、容易に想像がついた。

マリーヌは懐から取り出したハンカチを桶の水で濯《すす》いでくると、ヨハンの顔を丁寧に拭きながら、

「お父様……何てひどいことを……」

失望のあまり、ヨハンを見つめる、彼女の眼から涙が込み上げて来ていた。

「明日私はここを去らなければならない。そこであなたに、私の最後の頼みを聞いてほしい。どうか今すぐ彼女の呪縛を解いてもらいたいのだ」

「——もちろん、できるものなら、そうして上げたいわ」

マリーヌは顔を俯《うつむ》けて、涙の滴が一粒、ぽとりと地べたに落ちて、

「実は、ポーシャのように生まれながらにしてアイズカラーを携えていない場合、呪縛を解くには、それをかけた者よりも、さらに上の階級が求められるの。つまり父と同等である私では不可能なことなの」

「あなた方でさえ相当高位の身分でありながら、それを上回るとなれば、一体、どれほどの階級が求められるのだ？」

「第一等位。オレンジ色のアイズカラーを所持する、言うならば大臣級の位の人物よ」

「果たして、それほど高貴な人物に、直接願い出ることは可能なのだろうか？」

「知事を務める父でさえ、よほど大事がある時に、正式な手続きを経て謁見《えっけん》に臨むほどだから、極めて難しいと言えるわ。それに何より問題なのは、呪縛には時間の限界があり、そのタイム

リミットは二十四時間。――それを過ぎれば、ポーシャは完全に死を迎えてしまう……」

「何ということだ！」

万策尽きたと言えるほど、現実は過酷であることを知り、ヨハンは愕然《がくぜん》となり、それ以上の言葉を失った。

そうこうしているうちにも時は刻一刻と流れて、すでにポーシャの死へ向けたカウントダウンは始まっているのである。彼女の命を救うには、どうするべきか、ヨハンには見出せるはずもなかった。

するとマリーヌは、何やら決意した様子で口を開いて、

「だけど希望の光が途絶えてしまったわけではないわ。――幸いなことに明日、この街の創設を祝う晩餐会が催され、筆頭大臣が出席されることになっているの。そこへ出向き、この私から直接大臣に懇願してみるわ」

彼女が置かれている現在の状況を考えてみれば、それは無謀といえる行動であり、ヨハンは驚いて、

「それはならない、マリーヌ様！　あなたの身の上をすべて旦那様から聞かされた。現在謹慎中の身でありながら、それを破って直訴まで行えば、今後あなたの身が、より一層の苦難に陥るばかりだ！」

「そんなことで躊躇《ためら》っていられないわ。――ポーシャの命を救うために残された方法は、もは

やそれ以外ないのよ！」

マリーヌの決意は揺るぎなかった。

「ならば、その役目はこの私が引き受けよう！　誠心誠意大臣に懇願し、必ずや事を成就させてみせる！」

と、ヨハンは彼女の決意が乗り移ったかのように、非常な意気込みを見せながら言うが、しかしマリーヌは頭を静かに横に振りながら、

「いいえ、それこそならないことよ」と、冷静な口調で言うと、

「街の大勢の有力者が招かれた厳かな場でもあり、アイズカラーを失ったあなた一人が出向いたところで、どうにかなるものではないわ。――実は、晩餐会の主催を務めるのは私の父であり、しかも宴の終了を待たずして、時間の限界を迎えてしまうわ。速やかに事を運ぶためにも、そこは娘であるこの私が挑まなくてはならないのよ」

ポーシャの命を心から救いたいと願うのであれば、マリーヌの言うことはもっともだった。

「――どうやら、ここも、あなたにすがる以外ないようだ……どうか、この通り、お願いする！」

無力な自分自身のやるせなさに耐えながら、ヨハンはマリーヌに向かって深く頭を下げた。

その時である。馬小屋の外で、すばやく立ち去る人影が。――ジョセフだった。謹慎中のマリーヌから目を離さぬように、主の伯爵から日頃言いつけられていて、それで彼女の後を付けてきて、小窓からこっそり中の様子を窺っていたのである。無論、二人のやり取りの内容が、

すぐさま伯爵の耳に入ってしまうのは言うまでもなかった。

翌日になった。

晩餐会は、街の中心部にある迎賓館で催され、夕刻を迎える頃、筆頭大臣が、そこに到着する予定になっていた。文字通り大臣の長《おさ》である、そんな大人物がこの街を訪れるとあって、警備局の馬車が頻繁に通りを行き交うなど、警備に余念はなく、早朝から街全体が緊迫した様相を呈していた。

そして昼下がり、筆頭大臣よりも一足早く迎賓館に辿り着くために、準備を済ませた伯爵が、屋敷を出ようとしていた間際のことである。ジョセフが二階のマリーヌの部屋の前に、突然やって来て、ドアを叩くと、

「失礼します、お嬢様！」

マリーヌは歩み寄り、ドアを開くと、

「あなたが私の部屋を訪れるなんて珍しいわね。一体、どうしたのかしら？」

「お父様がお嬢様に何やらご用があるそうで、屋根裏部屋で待っております。どうぞ、すぐに行って差し上げて下さい」

「屋根裏部屋で、お父様が……」

マリーヌは不思議そうな顔つきで言った。

そこは赤い三角屋根のそびえる、すぐ真下にある三階の部屋で、先祖代々伝わる壺や掛け軸といった骨董品の類が保管されている場所だった。父親はそれらを我が家の家宝とし、普段から頑丈な南京錠を掛けておくほど、大切にしているのは知っていたが、——それにしても、この慌ただしい時に、なぜ、そのようなところへ自分を呼び出すのだろうか？　皆目見当がつかなかったが、ともかくマリーヌは階段を上って行った。その後にジョセフが続いた。

すでに鍵は外され、半分ほど開いていた引き戸の隙間を通り抜けて、マリーヌは中に足を運び視線を走らせた。壁に一つある、小さな格子枠の窓から差し込むわずかな光に、壁際に積み上げてある大小いくつもの木箱が、ぼんやり見える程度で、父親の姿は確認できなかった。

「お父様、どこにいるの……？」

と部屋の奥へ進みながら、マリーヌが呼びかけてみても返事はなかった。

——と、その時である。いきなり引き戸が閉ざされて、向こう側から擦れる金属音が……マリーヌはハッとして振り向き、慌てて駆け寄り引き戸を開けようとしたが、もはや開くことはなかった。外から鍵を掛けられてしまったのである。

「何をするの！　ジョセフ！　すぐにここを開けなさい！」

「申し訳ございません、お嬢様。お父様の言いつけでございます。晩餐会から戻り次第、直ちにお開けしますので、どうぞ、それまでご辛抱下さい」

「ふざけたことを言わないで！　いいから、ここを開けなさい！」

マリーヌは声を張り上げるが、もう応答はなく、階段を駆け下りて行くジョセフの足音が、引き戸越しに響いて来るばかりだった。

「お願いだから、ここを開けて……！　ジョセフ！　ジョセフ！」

マリーヌは、引き戸を叩きながら必死に叫び続けたが、彼が戻ってくることはなかった。

その頃、伯爵は上等のタキシードの上からコートを羽織り、玄関先に止められた馬車の座席に座っていた。両腕を組み合わせ、難しい顔つきをしている彼の下に、ジョセフはやって来ると、

「お言いつけ通りにして参りました」

と視線を落しながら、心苦しそうな様子で言った。

「そうか」と、伯爵は肯くと、

「ならば出立だ。すぐに馬車を出すのだ」

「かしこまりました」

ベガとアルタイルの二頭の馬に引かれて、馬車が滑るように敷地を出て行った。


まもなく晩餐会が始まる時刻になり、迎賓館の会場には大勢の招待客が集まっていた。

会場の中央には大きな丸いステージがあり、それを取り囲むように、整然と配置された、たくさんの丸テーブル。上座には豪華な高座の角テーブルが一つあり、それを除いて、すでにどの席も、上品な身なりをした者たちで埋め尽くされていた。大半が第三等位、緑色のアイズカ

ラーを所持する人物であり、角テーブルの両側に、他の丸テーブルよりも一段高い位置にある、それぞれの丸テーブルが、第二等位、黄色のアイズカラーを所持する人物で占められていた。すなわち本日招待されているのは、第三等位以上の高貴な人物に限られていたのである。

やがて主催のアンドレオール伯爵が、挨拶のためにステージに姿を現すと、たちまち談笑が静まり、会場が厳かな雰囲気に包まれた。実は、筆頭大臣を迎えての、この晩餐会の主催を務めることが、知事としての最後の大仕事と、彼は決意していたのである。それだけに今回にかける意気込みは強く、何としても成功を収めて、有終の美を飾りたいところだった。

伯爵は招待客に向かって一礼すると、

「本日は、こうして大勢の方にお集まり頂きまして、厚く御礼を申し上げます。まずは恐縮ながらも、この場を借りて、皆様にあらかじめ一つご報告させて頂きますが……この度の我が娘の不祥事により、世間を騒がせ、ご迷惑をおかけしたことに対しまして、心よりお詫び申し上げます。なにぶん父親としての至らなさが招いたことであり、はなはだ恥じ入るばかりでございますが、それを真摯に受け止め、自ら責任を取り、本日をもって知事の職を退くことをここに発表いたします。長きにわたりご支援頂けた皆々様には、心より感謝しつつ――何卒、ご理解のほどを賜りたいと存じます」

突然のことに、招待客は皆一様に驚きを隠しきれない様子になっていたが、正義感がもたらした彼なりの決意なのだと、厳粛な思いで受け止めていた。華やかに行われるべき宴が、暗鬱

な様相に包まれてしまうが、それを盛り返すべく、伯爵は新たに気を引き締めて、大きく息を吐き、勇敢な様子になると、

「――さて、話は変わりまして、我々の街、ギンガタウン創設百周年を祝う、今宵の晩餐会に、筆頭大臣にあらせられるボルガーノフ公爵をお迎えできるのは、光栄の至り！　喜びの極みでもございます！　――それでは皆様、どうぞ、ご起立下さい！　盛大なる拍手をもって、大臣をお迎えしようではございませんか！」

迫力感あふれる彼の声に、会場の雰囲気は一変し、招待客は皆一斉に立ち上がり、溢れんばかりの喝采が沸き起こった。

すると正面口から大臣が姿を現して、割れるような拍手を浴びながら、丸テーブルの狭間の通路を歩いて、ステージの方へとやってきた。金色の装束と烏帽子に身を包み、年頃は六十半ばといったところか。引き締まった表情に浮かぶ鋭い眼光。背筋をぴんと張った堂々とした歩きぶりには、若々しさが感じられ、筆頭大臣の威厳に相応しい貫録を携えていた。

招待客は皆、タキシードやスーツ、そしてドレスなどで着飾り、彼の出で立ちは、いわゆる洋風を思わせるこの会場の雰囲気と掛け離れていたが、大臣が公の場に姿を現す場合、そういった衣装を身に付けるのが習わしとなっていたのである。

やがて大臣がステージの傍らまでやって来ると、伯爵が高座の席へと案内した。そしてテーブルの前に二人が並んで立つと、途端に拍手が鳴り止んだ。招待客は皆、彼らの方に向き直り、

広げた右手を左胸に押し当て、直立不動の姿勢で一斉に眼を光らせるのだった。それに応えるかのように、大臣と伯爵も同様の動作を行った。緑色と黄色の光が溢れる中に、ただ一人、オレンジ色に輝く大臣のアイズカラーが、ひと際目立っていた。まるで時が止まったかのような厳かな状況が、しばし続いた。それはアイズカラー交換といって、いわゆる挨拶を兼ねた儀式の一つであり、上流階級の社交の場での仕来りとなっていたのである。

二

すでに荷物をまとめて、ヨハンは旅立ちの準備を済ませていた。荷物といっても、ここへやって来た時と同様、大きな布袋一つであるが……当然ながら、行くあてがあるはずもなく、今後の身の振り方を考えなくてはならないところだが、とにかく今はそんなことは、どうでもよかった。ポーシャを呪縛から蘇らせて上げること。——それだけを一心に願い続けていたのである。

やがて夕刻を迎え、ヨハンはオリオンを馬小屋から連れ出して、庭の奥にある車庫へと歩ませた。そこには、もう一台、小型の馬車が格納されていて、それをオリオンとロープでつないで馬小屋の前まで転がすと、自らの荷物を積み込み、続いてポーシャの身体を建屋から両腕に抱えて運び出し、静かに座席にもたせ掛けた。今回はヨハンがオリオンを操り、マリーヌとポーシャの二人をその馬車に乗せて、迎賓館まで送り届けることになっていたのである。

馬車を玄関の側へと移動させて、それで出発の準備は整った。後はマリーヌが現れるのを待つばかりだった。しかし、いつになっても彼女は現れなかった。玄関の扉は鍵が掛けられ、幾度となく呼び鈴のベルを鳴らしてみても、応答はなかった。マリーヌが屋内にいるのは間違いないはずだが、一体、どうしてしまったというのか？　――ヨハンの心に不安が募り始めていた。

次第に辺りは暗くなり、空一面に銀河の星々が広がっていき、いつしか夜を迎えていた。それでもマリーヌは姿を見せず、迫りつつある時間の限界に、ヨハンは焦りを覚えた。

「マリーヌ様！　私の声が聞こえるか！　聞こえるなら答えてくれないか！」

痺れを切らしたヨハンは、叫びながら建屋の周りを歩み始めた。そして裏手にやってきた時である。

「私は、ここ！　ここにいるわ！」

と、どこからか、叫ぶような声が――それは、どうやら頭上からのようであり、ふとヨハンが見上げると、三角屋根のすぐ真下で白い布が揺らいでいた。マリーヌが格子窓から手を伸ばし、しきりにハンカチを振りながら、合図を送っていたのである。

「マリーヌ様！　なぜ、そのようなところに？」

「私たちのもくろみが、お父様に知れてしまい、ここに閉じ込められてしまったの！」

「安心なさい！　私が今すぐ、あなたを助けに行く！」

ヨハンはガラス窓を打ち破って、建屋へ突入しようと考えたが、しかしマリーヌはそれを思い止まらせるように、

「あいにく、それは無理よ！　この部屋には、とても壊すことのできない、頑丈な鍵が掛けられてしまっているわ！」

「……………」

ヨハンは言葉を失い、自ずと視線が落ちていた。どうしていいものかわからず、途方に暮れかけるが――ふと気づけば、ポーシャの呪縛の限界まで、もう一時間を切っているはずである。ぐずぐずしているわけにはいかなかった。

するとヨハンは何やら閃いたように、再び視線を上に向けると、

「鍵といえば………マリーヌ様！　例の鍵は、手元にあるだろうか？」

「幸いにも、ここに携えてるわ！」

迎賓館へ乗り込むとしても、出入り口は、どこも物々しい警備のはずであり、そこを通り抜けて会場に辿り着くのは、とても不可能である。実は、その建物はアンドレオール伯爵が所有するものであり、裏手に直接会場に通じる、締め切られたままの扉があることをマリーヌは知っていた。そこを入れば、すぐ目の前は会場であり、警備の目をくぐれると判断し、そこで彼女は出発の準備に追われる父親の隙をみて、書斎の金庫からこっそり鍵を持ち出して、懐に忍ばせていたのだった。鍵を開けて、まずマリーヌが中へ入り、ヨハンがポーシャの身体を抱き

抱えて続き、そして筆頭大臣の面前に歩み出て直訴を行うもくろみだったが、それが、もろくも崩れ去ろうとしていたのである。

「ならば、その鍵をこの私に！　その窓から落としてくれないか！」

ヨハンは、単独で迎賓館に乗り込むことを決意したのである。

マリーヌは懐から鍵を取り出して、窓の外へ手を伸ばすが、その瞬間、手放すことを躊躇った。高貴な人物ばかりが集う厳粛な場に、アイズカラーを持たぬ、ヨハン一人が赴いたところで、ポーシャの命を救えるどころか、彼の命が危険にさらされるばかりであることが目に見えていたからだ。まして主催を務めるのは、心を取り乱した父親であり、決して容赦するはずないことも。——ヨハンが生きて帰れる保証はないのだ。マリーヌは苦渋の決断に迫られていたのである。

「あなたが自らの命を投げ出して、部落の子供たちの命を救ったように、万に一つでも、可能性があるなら、今度は私が賭けてみる！　だから、お願いだ！　すぐに、その鍵をこの私に！——もう、時間がないのだ！」

ヨハンは必死に懇願した。

するとマリーヌの手の平から鍵が滑り落ちていき、銀河の光を照り返しながら落ちて来るその鍵を、ヨハンはしっかり両手で受け止めると、

「あなた本来の輝きが戻る日を……私は心から願っている！」

「——ありがとう、マリーヌ様！」

そして一瞬、さりげない笑みを浮かべて見せると、すかさず身を翻して駆け出した。

彼が最後に残した言葉と微笑み。それはマリーヌの心の奥底まで刻み込まれるほど印象的なものだった。それが何を意味していたのか、彼女ははっきり感じ取っていた。ポーシャの命と引き換えに、自らが犠牲になる覚悟であることを——。

「ヨハン、成功を祈ってるわ！　そして、お願いだから……あなたも、必ず、必ず、生きて無事に戻って来て！」

壁に顔を伏せながら涙に咽《むせ》び、マリーヌはそのままズルズルと床に崩れ落ちていった。


晩餐会はいよいよ佳境に入り、ステージでは華やかな衣装を着飾った美しい踊り子たちが、舞踊を披露していた。——と、そこへ突然、ポーシャの身体を抱き抱えたヨハンが、駆け込んできた。踊り子たちは驚き、悲鳴を上げながら、ちりぢりにステージの外へ駆け下りて行った。これから一体、何が起ころうとしているのか？　招待客たちは皆、あっけにとられてステージの方を見つめていた。

ヨハンはステージの中央に歩み出て、ポーシャの身体を抱えたまま床に跪くと、高座の席に腰を据えている大臣の顔をしかと見つめながら、

「筆頭大臣様とお見受けする！　名乗るほどの者ではないので控えさせて頂くが……実は、あ

なた様に、たっての願いがあり参上したのだ！　ぶしつけは承知の上！　――どうか、今すぐあなた様のアイレーザーで、この少女にかけられた呪縛を解いて頂きたい！　そのためなら、この私はいかなる処罰をも甘んじて受け入れよう！　何しろ呪縛の限界まで、いくばくの時も残されていない！　何卒、速やかに聞き届けて頂くようお願いする！」

筆頭大臣という偉大なる人物を面前にしながらも、ヨハンは決して動じることなく、誠意を尽くして懇願した。それは何とも言えぬほどの凛々しさだった。

大臣の目元が、一瞬歪んだ。ヨハンの顔に、どこか見覚えがあるような気がしたが、だが、彼の粗末な身なりに、他人の空似だろうと、さほど気に留めることはなく、無表情のまま彼を見据えていた。

一方、大臣と同席している伯爵は、すっかり度肝を抜かれて、言葉さえ失っていたが、

「――ヨハンめ！　この身のほど知らずが！」

と、ヨハンを睨み付けるようにして、ようやく口を開くと、すぐさま立ち上がり、

「見苦しき様をお目にかけさせてしまい、大変申しわけございません！」

と、大臣に向かって深く頭を下げると、

「その者はアイズカラーを所持せぬ部族の民であり、胸に抱えている娘も同様にございます。そのような族をこの神聖なる場に乗り込ませたのは、主催であるこの私の失態！　――即刻、この場において処罰いたしますので、何卒、ご容赦下さい！」

しかし、その伯爵の言葉は耳に届いていないようで、大臣の視線は依然としてヨハンに釘付けになっていた。やはり彼の姿に、何か心に引っ掛かるものがあるのだった。

「この少女に向けて、一刻も早く解呪《かいじゅ》のアイレーザーをお願いする！」

と、尚もヨハンは必死に懇願し続け、そして、「どうか、この通りだ！」

と、大臣に向かって深く頭を下げた時である。視線が落ちた、その瞬間、――ヨハンが目の当たりにしたのは、変わり果てたポーシャの姿だった。頬は強ばり、唇は紫色に染まり、表情から血色が完全に消え失せていた。腕を握り締めてみても、もう温もりはなく、脈拍の鼓動も伝わって来なかった。虚しくも彼の願いは叶わず、ついにポーシャは死を迎えてしまったのである。この上ない絶望のあまり、精根、気力とも尽き果て、彼女の身体を抱き締めたまま、ヨハンは前のめりに床に崩れ落ちていった。

その頃、騒ぎを聞き付けた警備官たちが続々と駆け付けて来て、ステージを取り囲み始めると、

「容赦は無用だ！　その者に向けて、一斉にアイレーザーを浴びせるのだ！」

と、伯爵が叫びながら彼らに命じた。

すると、そんなヨハンに追い打ちをかけるように、警備官たちの眼から藍色のアイレーザーが、彼に向けて次々に放たれた。四方八方から幾本ものレーザー光線を受けて、うずくまるヨハンの身体に、藍色のプラズマが激しく走っていた。アイズカラーを所持せぬ者が、これほど大量のアイレーザーを一度に浴びせられては、呪縛だけでは済まされない。命が奪われてしま

うのは必至である。伯爵はそれを承知の上で、冷酷にも、その場でヨハンを抹殺しようという気構えだった。我が娘の将来を奪った元凶とみなし、自らの職務に有終の美を飾れるはずだった、今宵の晩餐会まで台無しにされたとあっては、伯爵は怒りに我を忘れ、完全に理性を失っていたのである。――それでもヨハンは、止めどなく襲いかかる光の束に、身体を震わせながら必死に堪え続けていた。

ステージの傍らの丸テーブルの席には、あの付け髭はなく、伯爵同様タキシードで正装したオルガルの姿があり、様子を確かめようと、警備官たちが放つアイレーザーの光の下を潜るようにして、重い身体を屈めて、ステージへ上がっていくと、

「くたばるどころか、呪縛にさえかかりもしないぞ！」

と、ヨハンの身体を覗き込みながら声を張り上げた。

「何をしてるのだ！　浴びせて、浴びせて、浴びせまくるのだ！」

伯爵は狂乱したように叫んだ。

そこへ大臣の護衛をしていたエリート級の警備官たちも加わり、さらに強力な青色のアイレーザーを放ち始めた。青色と藍色の光が入り混じった、凄まじいプラズマに包まれて、ヨハンの姿はすっかり見えなくなっていた。場内は真昼のような明るさだった。それはもはや虐待以外の何物でもなかった。

さらにオルガルまでもが加勢に入ろうと、眼を緑色に光らせ、ヨハンに向けてアイレーザー

を放とうとした、その時である……！　突如ヨハンの身体から、幾本もの赤い光が、荒れ狂う竜のごとく飛び出していき、自らに向けて放たれたアイレーザーを破壊しつつ、まっしぐらに警備官たちに向かって突進して行くのだった。直撃を食らった彼らの全身に、一瞬、赤いプラズマが走り——警備官たちは、一人、また一人と、ばたばたと床に倒れていき、そのままピクリとも動かなかった。

ふと気づけば、ステージの回りには、意識を失った警備官たちが、屍のようにゴロゴロと転がり、いつしか場内は、今までどおり仄かなキャンドルの明かりに包まれていた。

「——一体、何が起こったというのだ！」

信じがたい光景を目の当たりにして、伯爵が思わず声を張り上げた。

招待客も皆、息を飲むばかり……そんな中、ただ一人、大臣だけが微動することなく、落ち着き払った様子で、眼を凝らし、うずくまるヨハンの姿を見つめていた。

やがてヨハンの背中が微かに動いた。そしておもむろに身体を起き上げながら、静かに眼を開いてみると、彼の目前には赤い世界が広がっていた。ステージの床も、テーブルも、その上に並ぶ皿やグラスも、正面にいる大臣や伯爵の姿も、そして、その後ろの壁や天井も……視界に映るものすべてが赤く染まって見えるのだった。——ヨハンの眼は赤く輝いていた。心に宿る怒りを放出するかのごとく、煌々と真っ赤に光り輝いていたのである。それは、まさしく王族を象徴する崇高なるアイズカラーだった。そして、その時、失っていた彼の記憶もすべて蘇ったのである。

ヨハンはポーシャの身体を抱いたまま勇壮に立ち上がると、その光り輝く眼で高座の席にいる大臣の顔を見据えた。その瞬間、冷静に居続けた大臣も、ついにそうしていられなくなり、

「やはり、そうであったのか……！」

と、眼をカッと大きく見開きながら言うと、さながら糸に引かれる操り人形のように、席から腰を上げて、

「あなた様は！　――ヘンリー、グレニズム百世国王……!!」

すかさず大臣は高座の席を駆け下りて、ステージへ上がると、ヨハンの面前に跪《ひざまず》いた。そして広げた右手を左胸に強く押し当て、彼の顔を見上げながら、

「まさか、このような形で遭遇するとは夢にも思いませんでした。――それにしても、よくぞ、ご無事でおられました。こうして再び、御身様にお目に掛かれましたことを歓喜至極に感じ入る次第でございます！」

と、丁重に頭を下げた。それは、それは……懇ろなる応対ぶりだった。

ヘンリー・グレニズム百世……。それがヨハンの正式な名だった。これまで彼をヨハンとして話を進めて来たが、今後は国王と称させて頂こう。――一昨年の春、父親の前国王が崩御し、その後、世襲によって彼が新国王となったわけであるが、就任以来国王は、万民が平和で安穏

に暮らしていける世の中であることを何よりも願っていた。そのためには国王の立場である自らが、何をどのように心掛けたらよいものかわからず、日々思い悩み続けていたのである。その結果——ある日、ふと閃いたのは、この世界の実情をまず自らの眼で確かめてみることだった。さまざまな土地を訪れ、大勢の民と接し、見聞を広めることによって、その答えを見出そうと考えたのである。そこで半年ほど前、側近たちを従え、馬に跨《またが》り隠密で視察の旅に出たのであるが、その旅立ちからまもなくして、行く手を阻む、よもやの事態が待ち受けていた。それは稜線が連なる山々に囲まれた、深い渓谷の道なき道を突き進んでいる時だった。突然の激しい雷雨が一行を襲い、突如、押し寄せた鉄砲水に馬もろともさらわれてしまったのである。側近たちは皆、何とか激流から這い上がり、かろうじて難を逃れることができたが、しかし身を守るために重い兜《よろい》や鎧《かぶと》を身に付けていた国王は、その重装備が仇となり、激流に飲み込まれてしまい、以来行方知れずになっていたのだった。その事実は、いまだ世間に公表されていなかったが、それを知る王族や大臣たちなど、上層階級の者たちは、誰もが国王は崩御されたものと諦めかけていた。水面下では、次期国王の即位に向けて着々と準備が進められている最中、こうして国王は前触れもなく、ここに姿を現したのである。

　驚愕のあまり、茫然自失した伯爵が、さながら夢遊病者のように、よろめきながら高座の席から降りてきた。横たわる警備官たちの身体につまずき、幾度か転びそうになりながらも、何とかステージの傍らにやって来て、へたへたと崩れ落ちるように床に跪くと、大臣と同様、国王に向かって広げた右手を左胸に押し当てた。招待客も皆、未だ現実に起きていることが実感できず、呆然としながらも、一斉に席を外して床に跪き、両名と同じ動作を取っていた。国王の面前においては、誰しもが、そのような姿勢で臨まねばならず、文字通り場内は、一発大逆転の展開となっていたのである。

「そのアイズカラーを持たぬ部族は、普段雑草などを食していると伺っております。そのような卑しき者たちと、生活を共にされていたのであれば――それは、さぞ辛き日々であったことでございましょう」

と、大臣が国王を労《いたわ》るつもりで言ったはずが、その彼の言葉は国王にとって、決して聞き捨てならないものであり、

「卑しき者たちだと……！」

と、国王の顔はみるみるうちに鬼の形相と化していき、赤く光り輝く眼が、その凄みを一段と利かせながら、

「何も彼らが好き好んで、雑草など食しているわけではない！　それもこれも極貧の中を生き抜くためなのだ！　――彼ら自ら稲作を行いながらも、過酷な税に、すべてを取り立てられ、その上、毎年長期間にわたり、働き手の大人たちを労役に駆り立てられ、労働力まで奪われてしまっては、それも致し方のないこと……だが、そんな苦境の中でも、彼らは細やかな幸せを

見出そうと、日々健気に生活を送り、そこで培われた真心は限りなく純粋であり――実際、街中で行き倒れになっていた私の命を救ってくれたのも……今、私の腕の中にいる、この少女だった。ひどく傷ついた私を家に招き入れ、その晩、生死の境をさまよいながらも、年端もゆかぬ弟とともに、一晩中、介抱してくれたお蔭で、今の私はこうしてあるのだ。アイズカラーとすべての記憶を失い、もちろんこの私を国王などと知る由もなく、その後も同じひとつ屋根の下で、一家と共に床に就き……その方が雑草と揶揄《やゆ》する野菜粥を共に食し……共に笑い……共に悲しみ……共に苦労をし……さながら家族の一員のように持て成してくれ、その深い愛情が私の博愛をはぐくんでもくれた。――そんな彼らは、今や友どころか、我が愛する家族も同然なのだ！　それを〝卑しき者〟呼ばわりするとは何事だ！　この愚か者め！」

と、心に受けた屈辱を倍返しするかのごとく、国王はあらん限りの声で、大臣を頭ごなしに怒鳴りつけていた。

「そのようなご事情がおありとはつゆ知れず、御身様のお心を損ねてしまいましたことは、誠に持って我が不覚にございます！　――只今の軽率なる発言を速やかに撤回いたしますとともに、こうして深く、深く、お詫び申し上げます！」

大臣は烏帽子を外し、傍らに置き、そして両手を床に付け、そのまま平伏し、自らの額を床に押し当てた。それは過ちや邪念などを地に降りそぐという意味が込められた動作であり、尊き人物に対し、心から詫びる場合に取るべきものだった。いつかポーシャとコゼフが、街中でさせられたことがあった。それを筆頭大臣自らがそうしていたのである。

アイズカラーによって確固たる身分統制がなされたその世界では、国王こそが神であり、その国王の逆鱗《げきりん》に触れてしまうこと。——すなわち、それは神の心に異を唱えたのも同然であり、その世界では最大ともされる過失だったのである。

いつしか国王の眼は本来のものとなり、溢れ出した涙が頬を伝わり始めていた。すでに怒りなどは通り越し、計り知れない悔しさが、国王の心を包んでいたのだった。

すると国王は身を翻して後方を振り向いた。ステージ上には、まだ仰向けに倒れたまま、腰を抜かして、身動きできなくなっているオルガルの姿があり、国王は眼を潤ませながらも、鋭い眼差しを彼の方に向けると、

「続いて、その方に尋ねる！　その方は、いつから我が元に仕えることになった！」

「そ、それは……その……」

自らは国王の下に仕えていると語り、部落の人々を信じ込ませていたが、国王本人に問い詰められては、さすがに申し開きできる余地などなく、オルガルはしどろもどろになるばかりだった。

「そういえば、いつかその方に我が前世というものを見てもらったが——悪行に悪行を積み重ねてきた前世であったというのは真なのか？」

「——当然のごとく、それは見立て違いにございます！」

「ほう、人の前世を見通せるというその方にも、見立て違いなどすることがあるのか！——ならば、今一度、尋ねる！　その方が、人の前世を見通せるというのは真なのか？　もし嘘、偽りを申すのであれば、その方は死後、永遠の地獄に陥ることになる！　それを念頭に正直に申してみよ！」

国王はオルガルの方にゆっくり歩み寄りながら、迫力に満ちた様子で言った。威圧されたオルガルは仰向けの姿勢のまま、頭の方からじりじり後退していき、やがて像のように肥えた身体がゴロリとステージから転げ落ち、その拍子に、ようやく表返った姿勢になると、そのまま跪《ひざまず》き、床にきちっと両手を付けながら、

「包み隠さず申し上げます！　元々、私にはそのような能力などございません！」

オルガルが腹の底から絞り出すような声で白状した、その時だった。

「恐れながら申し上げます！」

と、正気を取り戻した伯爵が、しかと国王の顔を見つめながら、

「その者を〝紅の里〟に遣わし、そう振る舞うよう命じていたのは——知事である、この私でございます！」

「なに……！」と、眉間を強ばらせながら、国王は右手にいる伯爵の方に振り向くと、

「知事であるその方が、何故そのような行為に及んでいたのだ？」

「アイズカラーを所持せぬ彼らに、苦境の人生を歩むことを当然と思わせるためであり——そ

うして過酷な税や労役を強いて来たのでございます。側近を遣《つか》わせ、そう仕向けることが、代々知事を務める者の役目であるばかりか……私自身、生来授かるアイズカラーの階級とその有無が、因果応報に起因するものと頑なに信じ通すあまりに、躊躇なく行って来たのでございます」

「――なんと、嘆かわしきことなのか……」

国王は、思わず顔を背けていた。その顔はひどく歪んでいた。それほど心に受けた衝撃は大きかったのである。しかし嘆いているのは、彼らにというよりは、むしろ国王である自らに対してだった。――思い起こせば自らも、生来授かるアイズカラーの階級とその有無は、前世の功徳によって定められるものと、幼き頃から教授されて来たものであり、すなわち功徳を多く積み重ねし者には、より高位のアイズカラーが授けられ、悪行を積み重ねし者には、それが授けられぬと……。当然ながら、そのような愚かな信念を創り上げたのは、最高のアイズカラーを誇示し、王族を名乗って威を振い続けて来た我が先祖であることは言うまでもなく、それが世間に根強く蔓延《はびこ》り、アイズカラーを持たぬ人々をより一層の苦境に追い込んでしまったのだと、その時、国王は悟ったのである。よって彼らばかりを責めるわけにはいかなかった。本来、誰よりも責めを負うべきなのは、か弱き者たちに誰よりも救いの手を差し伸べなければならない立場にありながら、このような荒んだ風潮を築き上げて来てしまった我が先祖であり、現在国王である自らなのだと、そう痛感するのだった。その証として王家には莫大なる財宝が眠っていた。それらすべてが、長年にわたり下々から吸い上げて来たものであることを考慮してみても、その惨《むご》い現実に、国王の心は、やるせない思いに包まれていくばかりだった。

「我が罪はそればかりではございません。御身様に対しましての言語道断たる振る舞いは、もはや万死に値すること。――すでに自ら命を絶ち、永遠の地獄に落ちる所存にございます。主の我が犯した罪が、一族すべての罪であることは、重々承知いたしてございますが――我が娘、マリーヌにおきましては、何卒、お慈悲を……！　お慈悲をお授け下さいませ！」

伯爵は平伏し、床に両手を付きながら、喉《のど》から絞り出すような声で、国王に向かって必死に懇願した。

国王に対して謀反を起こした者に待ち受けているのは――言うまでもなく極刑、もしくは自ら命を絶つより他に選択肢はなかった。まして国王の尊顔を馬糞に押し付けたあげく、抹殺を試みようとした伯爵である。その卑劣、非道極まりない行為に対し、当然ながら猶予の余地などあるはずもない。だが責めを負わねばならないのは本人ばかりではなかった。家族や一族、血縁関係にあるすべての者たちにも、その罪が同等に及ぶという厳しい掟があるのだった。そうなると、自らの命を投げ出して部落の子供たちの命を救った、あの心優しきマリーヌまでもが極刑に処されてしまうことになるのだ。伯爵にとって、そのマリーヌこそが唯一の肉親であり、愛娘の命を守り抜くには、もはや、そうする以外なかったのである。

「この私も、伯爵様のお供をする覚悟にございます！――何卒、我が家族におきましても、お慈悲をお授け下さい！　どうぞ、この通りにございます！」

オルガルも平伏し必死に懇願した。その彼の後方には、テーブルの傍らに跪き、泣きじゃくる幼き男の子と、女の子の背中を包むように抱き締めながら、観念しきった様子で、あやし続けている婦人の姿があった。同席していたオルガルの妻子だった。国王に対する、これまでの彼の行為を振り返ってみても、無論、その妻子に待ち受けているのも、極刑となってしまうのだろうが――そんな馬鹿げた道理はない。それは、もちろん国王本人が誰よりも熟知していることだった。

国王は静かに眼を閉じた。――そして再び眼を開くと、意志を固めた様子で、彼らを交互に見渡すようにして、

「その方らが自らの命を絶ったところで、決して事が丸くおさまるわけではない。両名がすべきこと。――それは、まず紅の里の部落に赴き、そこに暮らす人々にすべての事実を打ち明け、心から謝罪をするのだ。心大らかな者たちばかりだ。誠心誠意に臨めば、きっとわかってくれるであろう。そして今後、彼ら自らの手で幸せを掴み取れるように尽力を捧げ、それを実現させてこそ初めて、その方ら両名の罪は償われるのだ」

思いもよらぬ国王の言葉に、伯爵とオルガルはゆっくり顔を上げ、呆然と国王の顔を見つめるばかりになっていた。

すると国王は、視線を伯爵に集中して、

「さらに、その方が知事であるならば、この地方に暮らす万民に目を向けなくてはならない。

アイズカラーの階級や有無に関わらず、誰しもが豊かで安穏に暮らしていける世の中になるよう心掛け、政を担ってゆくのだ。そう難しく考えることはない。今その方が示した、愛娘に寄せる思いを万民一人一人に向ければよいのだ。――それでも迷うことがあるならば、この世界に唯一無二とされるほど、かけがえのない医師である、その方の娘、マリーヌに尋ねるがよい。彼女なら、必ずやよき助言をしてくれるであろう」

「罪を犯し医師の免許をはく奪されながらも、我が娘マリーヌをそれほど高く評価して頂けるとは、なんと有難きお言葉でしょうか！　――尚、その娘の責めを負い、この私は知事の職を退く決意をした次第なのでございます！」

「――さて、マリーヌが一体どのような罪を犯したというのだ？　彼女のお蔭で大勢の尊い子供の命が救われたのだ。一刻の猶予もない最中、彼女の取った機転が利いた勇気ある行動は、まさしく賞賛に値するもの。それを罪として裁こうとは、何という愚かなこと。――そのようなことなど、私は認めぬ！　断じて認めなどしない！」

と、すこぶる眉間を強ばらせながら言う、国王の眼は強い意志の光に溢れていた。

「御身様……」

伯爵は感激のあまり言葉を詰まらせてしまうが……しかし、すぐさま、哀れみのこもった眼差しで国王の腕の中にいるポーシャを見つめながら、

「ですが……この私は御身様にとって、かけがえのない娘の命を奪ってしまったのでございま

す。正気に戻り、今更ながらに気づいたのですが、彼女が報われるためにも、決して処罰を免れるものではございません。──我が娘マリーヌにおきましての御身様の嬉しきご配慮に、もはや我が人生に微塵の悔いはございませんゆえ、どうぞ、厳しく罰して頂けるなら本望にございます」

と、覚悟を決めたように言うのだった。

「──マリーヌの正義感の強さは、やはり父親である、その方譲りであったということか……」

と、国王はしみじみ感じ取るように言うと……そして表情に決意の色を露わにしながら、こう切り出すのだった。

「すでに、その方にも伝えてあるが、この少女はマリーヌを心から慕い、誰よりも尊敬している。そのマリーヌを悲しませるようなことだけは、決してせぬようにと、亡がらになりながらも彼女は、そう強くこの私に訴えているのだ。最愛の父親であるその方が命を落せば、当然ながらマリーヌは悲嘆に暮れることになる。昨晩、彼女が見せた涙が、何よりもそれを物語っていた。──だからこそ生きるのだ！　生き延びて……心を入れ替え、新たに生まれ変わった知事となり、この地方に暮らす万民の幸せを願い、職務をまっとうするのだ！　それこそが、この少女が報われる唯一の道であり、その方に課せられた使命であると、そう肝に銘じるのだ！」

「………」

もはや伯爵には言葉はなかった。床に付いた両手が小刻みに震え、自らの身体を支えるのがやっとであった。伏せた顔からは、涙の滴が床に滴り落ちていた。

続いて国王はオルガルの方に視線を移すと、

「その方が側近として、今後も知事を支えていくことは、もちろん――さらに、そこにいる妻子を幸せに導いて上げることだ。その幸せの一かけらでもいい。それを紅の里に暮らす人々に分け与えてくれればと……そう私は強く願う」

国王は祈りを込めるように静かに眼を閉じた。そして再び眼を見開くと、

「――両名に申し渡しておきたいことは以上だ！」

と、力強い口調で締め括るのだった。

これまで二人が自らに対して行って来た行為など、国王はまるで度外視であり――両名にしてみれば、あまりにも、あまりにも寛大すぎる国王の言葉に、たちまち平伏する伯爵とオルガルの全身から力が消え失せ、そのまま腹這いに床に崩れ落ちていった。

すると国王は、すばやく身を翻し、的を射ぬく矢のような鋭い眼差しを大臣に向けると、

「筆頭大臣、ボルガーノフ！　その方には我が命を下す！」

大臣は跪く姿勢を整え、左胸に押し当てていた右手にさらに力を込めると、

「はっ！　このボルガーノフ！　我が命に代えて尽くす所存にございますゆえ、何なりと仰せ付け下さい！」

と、気合いのこもった口調で言った。

「同様の境遇にある人々は、この地方に限らず、どの地方にも存在するはず。――労役に駆り立てられたすべての人々を早急、かつ丁重にもって解放し、故郷に戻して上げるのだ。今後一切、そのような愚かな制度を廃止とし、アイズカラーの階級や有無に捉われず、この世界の万民が、幸せと苦悩を分かち合い、共存していける世の中に築き上げるよう、他の大臣たちとともに、直ちにその実現に向け取り組むのだ！　――尚、我が王家に眠る財宝をすべて返還するゆえ、この世界の繁栄のために、余すところなく役立てるがよい！」

「しかと承りました！　大臣すべて一丸となり、必ずや御身様のご意向を叶えてご覧にみせましょう。――尚、このボルガーノフ、御身様のご命令、並び、万事におけるご配慮には、心より感服つかまつりました！」

大臣は感慨に満ち溢れた様子で言うと、国王に向かって深く頭を下げた。

すると国王は大臣から視線を外し、再び眼を赤く光らせた。そしてステージの周りに転がる警備官たちに向けて、次々に解呪の念を込めたアイレーザーを放っていくのだった。やがて警備官たちの身体がムクッと動いて、さながら寝ぼけ眼といった具合で、皆、今まで自らに一体何が起こっていたのかわからぬ様子で、ゆっくり身体を起き上げていた。国王はステージの周囲を時計回りにぐるりと見回して、取り残された者がいないことを確認すると、ポーシャの亡がらを抱えたままステージを下りていった。そして跪く伯爵の傍らを通り過ぎようとした時、

ふと足を止めて、

「最後に、その方に申し渡しておくが――マリーヌ及び紅の里に暮らす人々には、決してこの私のことについて触れてはならぬ」

これまで心を触れ合えた人々には、いつまでも自らをヨハンとして、心に留めておいてもらいたいと、そう国王は願ったのである。

「承知いたしました。――必ずや我が胸の内に秘めておきますことをお約束いたしますので、どうぞ、ご安心下さい」

「とにかく、まずその方がすべきなのは、屋根裏部屋に閉じ込められ、難儀しているマリーヌを一刻も早く自由にして上げることだ。そして、その時、彼女にこう伝えてもらいたい。――無念にも、この少女は亡がらになってしまったが、希望の光は、まだ途絶えていないと……いずれ紅の里を訪ねてみれば、その答えがわかると言い残し、ヨハンは何処へ旅立ったとも……」

国王は何やら意味ありげな言葉を残すと、哀愁をそそる後ろ姿で、そこを後にするのだった。

「馬車だ！　馬車の用意だ！　――即刻、極上の馬車をご用意するのだ！」

大臣の張り上げる声が、静寂な場内に響き渡った。

迎賓館の玄関前の広場には豪華な馬車が用意された。筆頭大臣が乗車して来たものをそのまま提供したのである。六頭の馬が、二頭ずつ、三列につながれ、その先頭にオリオンが加わると、七頭立ての雄大なものとなっていた。

降りそそぐ銀河の光に包まれて、馬車は軽快に街中の通りを突き進んで行った。広い座席には、亡がらのポーシャを抱えた国王だけだった。

国王が去り際に伯爵に残した言葉には、もちろん、それなりの深い意味があった。王族の所持する最強のアイズカラーには神秘的な魔力を秘め、亡がらが朽ち果てぬ限り、命を蘇らせることができるとされていた。しかしながら、実際、それを試みた王族の話など聞いたことがあるわけでなく、それはあくまでも伝説に過ぎなかったが、あえて国王はそれを信じようとした。だが、そこには大きな代償があった。それを実行すれば、完全にアイズカラーを失ってしまうとされていたのである。

そして、さらにもう一つの伝説が……初代国王は晩年虹色のアイズカラーを授かり、その後、『宝王《ほうおう》』と呼ばれ、大神として崇敬されるようになったという。代々の国王誰しもが憧れ、そう願い続けてきたが、以来、誰一人として、それを授かる国王は現れなかった。自らもそう望んだことは事実であり――せっかく取り戻したアイズカラーでありながら、再びそれを失えば、その望みが叶わなくなってしまうばかりか、国王の座さえ失墜し兼ねないのである。もはや今の国王には、そんなことはどうでもよかった。この世界の万民が国王を神と崇めるが、自らにしてみれば、この少女こそが神だった。神が彼女に宿り、この世界の酷い現状を自らに知らしめてくれたのだと心に受け止めていた。その神を蘇らせることが自らの使命と、そう頑なに信じたのである。

国王は腕の中にいるポーシャに向けて、蘇生の念を込めたアイレーザーを放ち始めた。呪縛を解くよりも強く念を込めて……すると赤い光が次第に白色へと変わっていき、さらに体内に宿るエネルギーを出し尽くすかのごとく、もっと、もっと強く念を込めていくと、最大級の恒星が放つような青白い光に変わっていった。ポーシャの全身にほとばしるプラズマも、一段と激しさを増していた。

やがて国王の身体に脈拍の波打つ感覚が伝わって来た。硬直したポーシャの身体が和らいでいき、次第に温もりが蘇ってきたのである。紫がかった頬や唇は桃色に染まっていき……あの血色豊かな彼女の表情に戻ってくるのだった。そして、念を込める国王の気力も、ついに限界に達し、燃料が尽き果てるかのように、アイレーザーが静まっていった。

国王は肩で大きく息を吐きながら、ポーシャの顔を覗き込んでいた。できる限りのことはした。後はポーシャの意識が回復してくれることを祈るばかりだった。

と、その時である。ポーシャの瞼が微かに揺らいだ。――そして、ついに彼女は静かに眼を開いたのだった。虚ろな眼差しながらも、国王……いや、ヨハンの顔をしっかり見つめながら、

「ヨハン……ここは、どこ？　私は今どこにいるの？」

「馬車の中だよ」

「馬車の中……？」と、ポーシャは前方にゆっくり顔を傾けると、

「わあっ、お馬さんがいっぱいだわ。とても大きな馬車なのね」

と、思わず笑みさえ零れていた。馬車に乗っている喜びを実感するほど、意識もはっきりしていたのである。——そして、おもむろに向き直り、

「一体、どこに向かってるの？」

「もちろん、ポーシャの家さ。——おじいちゃんとループルが、心配してポーシャの帰りを待っている。早く送り届けて上げないとね」

国王は穏やかに微笑んで見せた。

するとポーシャの瞼が再び揺らぎ始めて、

「——何だか、とても眠いの……」

急激なる睡魔が彼女を襲っていたのである。心地よく揺れる馬車のせいではなかった。蘇生による反動で生じたものだった。

「この私が、ずっと傍にいるから大丈夫。——さあ、ゆっくりお休みなさい」

国王の優しい言葉に、ポーシャは笑顔で答えて見せようとするが、それが広がる間もなく、静かな眠りへと落ちていくのだった。

いつしか馬車は街中を出て、大平原を淡々と突き進んでいた。

今見ていたことは現実だったのか？　……もしかして幻だったのではと、国王はポーシャが

蘇ったことに、いまだ確信が持てなかった。

ふと国王は満天の星空を仰いだ。そして、アイズカラーを発しようとしてみたが、その星々ばかりか、視界に映るものすべてが、もう決して赤く染まって見えることはなかった。それこそが無事ポーシャが蘇った証なのだと、国王は確信した。それにしても、いつになく美しい銀河だった。ひしめく巨大な宝石箱をひっくり返したように……壮麗に光り輝く無数の星々に、国王はすっかり魅惑されていた。それは願いが叶った、心の清々しさゆえにと思えた。――だが、その時国王は気づいていなかったのである。自らの眼が煌々と虹色に光り輝いていたことを……それは天が彼に授けた細やかな褒美であるとともに、今後も、そのまま君主であり続けよという、天命だったのかもしれない……。


初代国王以来の伝説の『宝王』の再来。――その噂は、瞬く間に、その世界の隅々にまで広がっていき、万民が、こぞってそれを祝福した。世の中すべてがお祭りムードに包まれていた、そんな最中のことだった。マリーヌの元に一通の封書が届いた。

「まあ、これは……！」

それを開いて見た瞬間、マリーヌは眼を見張った。それは医師の証書だった。剥奪された医師の資格が、再び戻って来たのである。しかも白色だった証書が、光り輝くゴールドのものとなって。――それは最高位の医師に授けられる証書だった。

すかさずマリーヌは、書斎にいる父親の元へと足を運んだ。

「──何と、これは！」

伯爵は証書を目の当たりにし、驚愕のあまり思わず机の椅子から腰を上げていた。表情ばかりか、握り締める両手も硬直していた。それは証書がゴールドに変わっていたからではなかった。

「マリーヌ、ここを、よく見るのだ！」

伯爵は証書の端を指差した。

本来医療大臣の承認印と署名があるべきところ、そこには王家の実印とともに……ヘンリー・グレニズム百世──と、宝王の直筆で記されていたのである。

「では、この証書は、大神にあらせられる宝王様が、直々にお授け下されたものなの……！」

マリーヌは驚きのあまり、眼を大きく見開いていた。

「神であるからこそ、何もかもお見通しなのだ。これからは自らの信ずるままに医療活動に精進していけばよいのだ」

以前交わした約束があるだけに、真実を明かすわけにはいかず、伯爵はそう説明せざるを得なかったのである。

その証書に込められた意味……すなわちマリーヌの意こそが、宝王の意。──医療とは、アイズカラーの階級や有無に関わらず、万民に平等に授けられなくてはならないもの……そして、さらに……それを授ける者においても。──今後彼女は気兼ねなく、その自らの信念を貫き通すことができるようになったわけである。

こうしてマリーヌは、どん底から一気に医師の頂点に駆け上がっていた。これまでの彼女の多大なる功績を称えつつ――そして、それは自らに授けてくれた恩恵に対し、無力なヨハンが彼女にして上げられる、せめてもの恩返しだったのである。

三

それから一年余りが過ぎた。

早朝の降りそそぐ初夏の陽光を浴びながら、優に千頭を超える壮大なる馬群が大平原を疾走していた。その先頭を行くのは、深紅のマントをなびかせ、漆黒の兜と鎧に身を包んだ宝王だった。彼のすぐ背後には側近たちが従っていた。やがて一群は山道へ入り、起伏が激しいその山道も、あっと言う間に駆け抜け、平原の狭間に延びる一本道を突き進んで行った。そして遠くに〝紅の里〟の部落の姿が見えて来ると、宝王は側近たちの方に振り返り、視線を交わし合図を送ると、手綱を引いて徐々に速度を落とした。

「馬を止めよ――……！」

「――馬を止めよ――……！」

張り上げる側近たちの声が、後方へ連鎖していき、やがて一群は立ち止まった。

猛者と英知に満ちた、側近の長と思われる男が、宝王の傍らへ馬を歩ませると、宝王は彼の方を向いて、

「見送りご苦労だった。――この先は、私一人でよい」

と言うと、身に付けていたマント、そして兜と鎧を外して、男に手渡した。内側には、あのヨハンと書かれた上着に身を包み、以前、部落を訪れた時と同じ、ヨハンの姿になっていた。

「さ少のひと時ではございますが、懐かしきファミリーとの再会に、どうぞ御ゆるりと寛いでいらっしゃいませ」

男が懇《ねんご》ろな言葉づかいで言った。

心触れ合えた、紅の里の部落の人々を〝ファミリー〟と、宝王はそう呼んでいたのである。

「うむ」と、宝王は涼しげな顔で肯いた。

「それでは今宵、お言い付け通り、街外れにございます〝銀河の丘〟の麓までお迎えに上がります。――それまで、どうぞ、謹んで行動なされますようお願いいたします」

と、男は丁重に頭を下げた。

すると宝王は何気なく後方を振り返った。夥《おびただ》しい馬の群が、道から平原に溢れ、最後尾が見えぬほど、どこまでも続いていた。精鋭で編成された騎馬隊だった。その時、これほどの大群をなしていたことに、ようやく気づいた宝王は、その光景にうんざりといった様子で向き直ると、

「出迎えにこのような多勢はいらぬ。その方らだけが参ればよい」

「はっ！　かしこまりました！」

男は再び頭を下げた。

宝王は、ゆっくり馬を歩ませ始めた。一群は騎乗したまま、一斉に広げた右手を左胸に押し当て、去ってゆく宝王の後ろ姿を厳かに見守り続けていた。


部落の敷地が近づくにつれ、宝王の胸に懐かしさが込み上げてきた。そして、かつてここを訪ねるに至った思い出が、鮮明に脳裏に蘇ってくるのだった。

視察の途中、渓谷を進んでいる最中、突然の嵐による鉄砲水にさらわれて、ふと気づいた時は、大河の岸辺に打ち上げられていた。身に付けていた鎧や兜は、外れて無くなり、衣服は裂けてボロボロとなり、裸一貫になっていた。そこへ、たまたま通りかかった親切な古着の行商人が、衣服や布袋などを自らに提供してくれたのだった。よってヨハンと書かれた上着も、彼からの授かりものであり、それが後にヨハンと呼ばれるきっかけとなったわけである。

一人きりになりながらも、この世界の実情を探ろうと、その後も徒歩での旅を続けた。所持金などあるはずもなく、途中、魚や木の実などを食して空腹を紛らわし、雨水を凌げる場所で野宿しては、苦労と困難の連続だったが——王族として生まれ育ち、幼き頃から束縛された窮屈な日々を過ごし続けてきた自らにとって、初めて得た自由は、わずらわしい側近たちを従えて行動するよりも、充実しきっていた。だが、そんな状態も長続きするものではなかった。一週間ほどが過ぎた、ある日のことである。偶然立ち寄った街中で、物珍しさに興味を引かれ、思わず乗り込んでしまった乗合馬車で、自らの人生の分岐点となる事件が起きたのだった。

その頃には、髪はぼさぼさになり、無精ひげも目立ち始めて、ほとんど浮浪者に近い身なりになっていた。その上、隠密の旅であるがゆえ、アイズカラーによる身分提示を求められても、それを拒み、さらに無賃乗車となれば……酷なことに、乗り合わせていた人たちに、走行中の馬車から突き落とされてしまったのである。その衝撃で頭を強く打ち、意識ばかりか、記憶やアイズカラーさえ失い路上に倒れていたところ、通りすがりの少女と老人——すなわちポーシャとコゼフが、自らに救いの手を差し伸べてくれたのだった。それをきっかけにマリーヌを初めとし、たくさんの素晴らしき人たちと出会え……心触れ合いながら、この部落で過ごした、かけがえのない日々の思い出を噛みしめつつ、宝王は一歩一歩馬を歩ませていた。

やがて宝王は部落の出入り口へとやって来た。門柱は新しい大木で作り変えられ、堀は埋め立てられ、敷地を取り囲んでいた朽ちかけた塀も外され、新たに植えられた樹木が周囲を包んでいた。

宝王が馬を歩ませて敷地に入っていくと、まず眼に入ったのは、道の両側に華麗に咲きほこっている色とりどりの花々だった。かつては殺風景なさら地であったものが、立派な花園として生まれ変わっていたのである。あたかも、この地を訪れる人々を温かく出迎えるように——。

宝王が花々の美しさに見とれながら、ゆっくりと馬を歩ませていくと、ふとスイカほどの大きさのボールが、馬の足元に向かって転がってきたのだった。

するとと前方に立ち並ぶ木々の中から、そのボールを追うように、七歳ぐらいの年頃と思える、円らな瞳をした少年が姿を現した。宝王は馬から跳び下り、それを拾い上げ、彼に向かって軽く投げ返した。地べたで二、三度弾み、ボールをしっかり胸で受け止めた少年は、宝王を見つめたまま立ち竦んでしまうが、みるみるうちに眼が大きくなり、

「──ヨハン先生！」

と、瞳を輝かせながら、宝王の下へ駆け寄って来るのだった。

それに応えるように、宝王は少年の頭をポンポンと優しく撫でてやった。

少年は、すぐさま踵を返し、ボールを抱えたまま駆け出していった。

「おーい、みんなー……！　ヨハン先生が、ヨハン先生が、訪ねて来てくれたよー……！」

と、叫びながら、木立の中に消えて行くのだった。

やがて木々の向こうから、同じ年頃の少年少女たちが、次々に姿を現して、

「ヨハン先生……！」

という叫び声と共に、まっしぐらに駆け寄ってきて、たちまち宝王は、十人ぐらいの子供たちに囲まれてしまった。彼らは皆、かつて読み書きを教えていた、最年少のクラスの生徒たちだった。以前よりも身体が一回りほど大きくなり、身に付けている衣服も、街中の子供たちと遜色ないものになっていた。

「やあ、みんな！　元気にやってるみたいだね」

宝王は子供たちを見回しながら、笑顔で言った。

「ヨハン先生のおかげで、もうみんな、読み書きができるようになったんだよ」

「ヨハン先生、ありがとう」

「ほんとに、どうも、ありがとう」

子供たちは眼を輝かせながら、それぞれお礼の言葉を述べた。

「それは、みんなが頑張ったからこそさ。この私も嬉しい限りだ」

宝王は満面に笑みを浮かべながら言った。

「そうだ！　ヨハン先生も、いっしょにボール遊びしようよ」

と、ボールを抱えた少年の言葉を皮切りに、

「ねえ、しよう。しよう」

「お願いだから、いっしょに遊ぼう」

「さあ、早くこっちに来て」

まだまだ無邪気な年頃の子供たちである。ふと気づけば宝王は腕や上着を引かれ、揉みくちゃにされていた。

「みんなが、それほど望むなら——では喜んで、仲間に入れてもらうとしよう」

宝王は快く子供たちの願いを聞き入れた。

「やったー！　やったー……！」

子供たちは皆、大はしゃぎだった。そんな子供たちの陽気な笑顔こそが、この部落に幸せが訪れている象徴なのだと、宝王はつくづく感じ取っていた。

子供たちに手を引かれ、木立を隔てた広場の方に導かれようとしていた時、宝王はふと何か思い出した様子になり、後方に視線を向けると、

「ちょっと、その前に……私の愛馬をここに放っておくわけにもいかない」

馬は花々の香りを楽しむように、花園にくんくん鼻を走らせていた。

「――その馬でしたら、この私が見ていて差し上げましょう」

と、突然どこからか声がして来たかと思うと、少し離れた花園の中で、一人の男が立ち上がった。野良仕事に相応しい地味な身なり。目、鼻、口の部分だけをのぞかせるようにして、頭部をすっぽり手拭いで覆っていた。今まで気づかなかったが、どうやら、そこで腰を屈めて花の手入れでもしていたようだ。

「ルガルオさん、きれいなお花をいっぱい、どうもありがとう」

「きれいなお花を見ると、いつも元気づけられるんだ」

「わたし、お花がとっても大好きになったの」

子供たちは、男に向かって思い思いの言葉を口にしていた。

男は顔を俯《うつむ》き加減のまま、口元をわずかに歪ませて見せるだけだった。

中肉中背の身体つき。顔の大半が手拭いで隠れて、顔立ちは、よくわからぬが、そう若くもなさそうである。名はルガルオというようだが……この部落に暮らす者なのか、それとも外部からやって来た者なのか、素性がわからなくとも、子供たちに慕われ、花を愛するような心清き者であるならば、是非、物事を頼んでみたいと思った宝王は、

「面倒をかけるが――では、有難くお言葉に甘えさせてもらうとしよう」

「今日一日、私はここにおりますので、ご用がお済みになるまで、責任を持って、お預かりしますので、どうぞ、お任せ下さい」

男は頼もしい口調で言った。


宝王は童心に返り、子供たちとボール遊びで爽やかな汗を流した後、懐かしき我が家に向けて足を運んだ。バラックのような建屋は、どれもこれも街中でよく見かけるような、小ぢんまりとした家に造りかえられ、部落の様相は、がらりと変わっていることに宝王は驚いた。通りを進んで行くと、途中、大勢の人と出会い挨拶を交わした。面識ある老人と子供たちばかりか、当時、労役に駆り出されていて不在だった人たちも、すでに子供たちに読み書きを教えてくれた彼の噂を聞いていて、心からの歓迎ぶりだった。かつての侘しい面影はまるでなく、部落は見違えるほどの活気に包まれていた。

路地裏に立ち並ぶ家々もすっかり様変わりしていたが、以前の土地勘を頼りに、やがて宝王

は目的地と思われる家の前までやって来た。そこも立派な二階建てとなり、玄関の脇に、以前はなかった表札が掛けられ、コゼフ、ポーシャ、ルーブルの三人の名が書かれていた。

宝王は期待を胸に、玄関の横にぶら下がる、呼び鈴の紐を揺らすと、軽やかな鈴の音が鳴り響いて、

「はい、只今……！」

と、すぐさま中から弾むような声が返って来た。それは紛れもなく、あの懐かしいポーシャの声だった。

間もなく引き戸が開いて——そして、玄関の前に立つ人物の姿を目の当たりにした瞬間、ポーシャは瞳を輝かせながら、

「お帰りなさい、ヨハン！」

と、感激のあまり声を高めながら言った。

「やあ、久しぶりだね。ここは私の故郷も同然なので、無性に訪れてみたくなったものでね」

宝王は笑顔で言った。

そんな二人のやりとりに反応するかのように、突然、頭上からドタドタと忙しい足音が響いて来て——ルーブルが物凄い勢いで、階段を駆け下りて来たのである。しかし玄関脇の昇降口に辿り着く間際、勢い余って最後の一段を踏み外してしまったルーブルは、つんのめり、ポーシャともろに激突してしまうのだった。

たちまちポーシャは弾き飛ばされて、

「キャッ！」と、叫びながら床にしりもちを付いていた。

これぞ、まさに慣性の法則というばかりに……その衝撃はすべてポーシャに乗り移り、ルーブル自身は、何事もなかったように、玄関に面した高床に立ちながら、

「ヨハン、ここがおいらたちの新しい家なんだよ！　どうだい？　――お城みたいで、すごいだろう！」

と、倒れ込んでいる彼女のことなどお構いなしに、自慢気に言うのだった。

ポーシャは痛さで顔をしかめながらも、

「もう、何なのよ、あなたは！」

と、ムッとなりながら、今まで自分がいた場所に、立ちはだかっているルーブルのふくらはぎに、ピシャリ！　と、強烈な平手を浴びせた。

「イテーッ！」

と、ルーブルは、悲鳴を上げて跳び上がり、

「やったな、お姉ちゃん！　――ならば、おいらも反撃だ！」

と、いきなりポーシャの上に覆い被《かぶ》さるようにして、彼女の脇腹を容赦なく、くすぐり始めるのだった。

「アハハハハ……！　何するのよ！　ちょっと、やめてよ！　アハハハハ……！」

と、身体を悶えながら笑い転げるポーシャ。醜態を晒すと言っても過言でなく――目の前で繰り広げられる、予期もせぬ滑稽な展開に、宝王はただ唖然と見守るばかりになっていた。

「ほれ、何をしておる！　大切な家族が帰って来たというのに、二人でじゃれ合っていて、どうするのだ！」

部屋の中から姿を現したコゼフの一喝で、ようやく事態は収拾したのだった。

するとコゼフは、満面に笑みをたたえながら、宝王を見つめて、

「ヨハン、よく帰って来てくれた。――さあ、ともかく上がりなさい」

唯一まともな応対をしてくれたのは、主のコゼフであった。

一家の出迎える温かい言葉からもわかるように、今でも自らを家族の一員とみなしてくれているのは明らかであり、宝王はそれが嬉しく、そして有難くも感じられた。

宝王は部屋に案内されると、新築特有の心地よい香りに、心癒される気分になった。奥の土間がなくなった分、間取りが広くなり、床に張り巡らされた絨毯も真新しいものとなり、ゆったり落ち着ける空間になっていた。

間もなく噂を聞き付けて、ジェーシャ、アンヌ、バロンといった、お馴染みの面々もやって来て、ヨハンの来訪を心から歓迎してくれた。そして皆で卓袱台を囲み、団欒のひと時を過ごしたのである。

とりあえず宝王は自らの記憶が無事戻ったことを告げると、皆は安堵し喜んでくれた。名も

ヨハンであることを貫き通し――そして現在は遠く離れた故郷で、一人身ながらも平々凡々と暮らしていると、そう当たり障りなく伝えたのだった。

「この部落の変わりようには、ヨハンも驚いたことであろう」

コゼフが言うと、宝王は思い浮かべるように、

「――立ち並ぶ家々は、どれもこれも真新しいものとなり、わずか一年で、これほどの目覚しい変貌を遂げていようとは夢にも思わなかった」

「変わったのは、そればかりではない。このたった一杯の茶にしてもそうだ」

バロンが目の前の湯呑茶碗を手に取り、おもむろに口へ運ぶと、

「かつて白湯しか口にできなかったものが、こうしていつでも茶を飲めるようになり、税が激減したばかりか、自ら栽培してきた米さえ、日々主食として味わえるようになったのだから――いやはや、何とも有難い限りだ」

と、喜びをかみ締めるように言った。

「だが、やはり一番有難いのは、長年にわたる労役がなくなり、こうして家族皆が、いつでも顔を揃えていられることさ。それこそが何よりの幸せと――あたしはそう感じてるよ。施しをお授け下された宝王様には、本当に感謝の言葉もないほどだよ」

ジェーシャがしみじみ感じ入るように言った。

「まったくもって、同感だ」と、コゼフは肯きながら言うと、宝王の方を向いて、

「この部落がここまで進歩を遂げたのには、その宝王様のご配慮はもちろんだが——さらに、もう一つ、忘れてはならない事実があるのだ。それをヨハンに話すとしよう」

「是非、お願したいところだ」

と、他人事のように聞き入っていた宝王が、興味深げにコゼフを見つめた。

「話は一年前にさかのぼるが、知事を務める伯爵様が、祈禱師様とともに、突然この部落に見えられたのが、そもそもの発端だった。実は、その時、その祈禱師様というのが偽者で、しかも伯爵様ご自身が、それを承知の上で、彼をここに送り込んでいた真実を打ち明けてくれたのだ。何しろその目的というのが、前世に悪行を積み重ねてきた報いから、私どもに苦境の人生を送らねばならないことを固く信じ込ませるためであり……それを口実に過酷な税や労役を課して来たというのだから、もちろん部落の誰もが耳を疑った。だが、二人はそれをひどく悔み、部落の家々を一軒一軒訪ねては、床に手を付いて謝罪をし——そして今後は知事として、私どもが豊かで安穏な暮らしができるように、政に心がけていくと約束してくれたのだよ」

そして話し手はコゼフから、バロンに移って、

「振り返ってみれば、それは今の知事である伯爵様に始まったことではない。代々の知事を通じて、ずっと古くからの習わしであり、伯爵様はその終止符を打つために、ここを訪れ、ありのままの事実を語ってくれたのだ。それを思うと、怒りが湧き上がるどころか、よくぞ、真実をお話し下されたとばかりに、部落の皆が伯爵様には敬意を表するばかりだった」

するとジェーシャが口を開いて、

「実際、そのお言葉通り、伯爵様は以来ずっと、この部落のために誠心誠意に尽くして下さっている。食料の恵みである〝紅の山〟をお授け下されたばかりか、あたしどもの暮らし向きが、一日でも早く街中に暮らす人たちと寸分の隔たりがなくなるようにと——この地方に暮らす大工の棟梁すべてを呼び集め、部落中の家族にこのような立派な家まで建てて下されたのだ。また現在、学校や診療所などの建設も行われていて……しかも日々発展していく部落の様子をご自分の眼でお確かめになろうと、伯爵様ご自身がちょくちょくここに足を運ばれては、親身になって、あたしどもに接して下さるものだから、お蔭で、あの横暴だった役人たちは、今ではすっかり腰が低くなってしまってね」

と、彼女の口から思わず笑みが零《こぼ》れていた。

伯爵は自らが願ったよりも、本人の意志で一層の尽力を捧げていたことは明らかであり、また真心で部落の人たちと向き合おうとしている姿勢に、宝王は只々感銘するばかりだった。

そんな部落の実情を聞き入っているうちにも、充実した団欒のひと時は過ぎて行き——ふとコゼフが柱時計に眼をやると、

「そろそろ昼になる頃だな。——せっかく帰って来てくれたヨハンに、何か昼食ぐらいは馳走しないといけない」

「それなら、あたしに任せなよ!」と、ジェーシャが頼もしそうにポンと胸を叩いて、

「美味しい野菜粥をたっぷりこさえてきて上げようじゃないか」

「それは、ありがたい。ジェーシャの野菜粥は格別のうまさだからな」

コゼフが言うと、ジェーシャは腰を上げながら、

「では、早速取りかかるとしようかね」

「私たちも手伝うわ」

ポーシャとアンヌが声を揃えて言いながら、二人も腰を上げようとするが、ジェーシャは、それを制するように、手の平をなびかせて、

「いいんだよ、あなたたちは。——さっきから、あたしら大人ばかりで喋っていて、ろくにヨハンと話をしてないんだから、今度は積もり積もった話を二人が聞かせて上げる番だよ」

「二人じゃない！　三人だ！」

彼女たちと並んでしゃがんでいたループルが、不満そうなに唇を尖らせた。

「おっと、そうだったねえ。——許しておくれよ、ループル」

ジェーシャはループルをなだめるように言うと、バロンの方を向いて、

「ところでバロン、あなたには、ちと頼みがあるんだけどねえ」

「一体、なんだね？」

「あいにく鍋を炊く薪を切らしていてね。——そこで、あたしが仕込みをしている間、薪割りをしてもらいたいのさ」

「そんなことならお安いご用さ！　最近、力が有り余ってどうしようもなかったんで、張り切って、バンバン叩き割ろうじゃないか！」

と、腕まくりしながら、バロンが威勢よく立ち上がると、コゼフが口を開いて、

「張り切るのはいいが、もう歳なのだから、くれぐれも体を痛めないように気を付けるのだぞ」

「――じいさんに、それを言われちゃあ、おしめえよ！」

苦笑するバロンを見つめながら、皆の顔から笑みが零れていた。


ジェーシャとバロンが部屋を出て行くと、やがて路地を挟んだ向かいのジェーシャの家の庭から、バロンの薪を叩き割る軽快な音が響いて来た。――一方、こちらではポーシャとアンヌが近況報告を語り始めていた。

「現在私たちはマリーヌ先生のお薦めで、いっしょに手伝いをしていた仲間たちとともに、普段は街中の学校に通い医療の勉強をしているのよ。だからヨハン、今日、休日に訪ねて来てくれたのは幸いだったわ」

ポーシャが言うと、宝王は肯いて、

「なるほど。将来は看護師になろうと、みんな頑張っているわけだね」

「ただポーシャだけは違うの。マリーヌ先生のような立派なお医者様になろうと、一人難しい勉強に取り組んでるのよ」

アンヌが言うと、ポーシャは真面目な顔つきになって、

「正直、今は夢を追い駆けているようなものだけど……マリーヌ先生の熱心な指導のお蔭もあって、毎日少しずつだけど、一歩一歩、前に突き進んでいるわ。将来は、この部落でみんなの診察ができる――そんなお医者様になれたらと、私は夢見てるの」

「実に素晴らしい目標ではないか。ポーシャならやれるさ。決して夢でなく必ず現実のものとなると私は信じている。――そして、アンヌを初め、みんなの努力が実ることも切に祈り続けよう」

宝王は真剣な眼差しを向けながら、二人を激励した。

「だけどおいら、お姉ちゃんがお医者様になれたとしても、風邪をひいたり、お腹をこわしたら、絶対マリーヌ先生に診てもらうもんね。どうせ、お姉ちゃんのこったから、おいらには、うんと苦い薬を飲ませて、いつも注射ばかりで――その針が、腕の逆側から飛び出してきちゃうような、意地悪だってしかねないもんね」

その奇想天外ともいえるルーブルの発言に、自身の決意に水を差され、ポーシャは一瞬、ムッとなりかけるが――そこは、大きく咳払いをして、しのいでいた。

すると宝王が改まった様子になり、

「ところで一つ疑問に思うのだが……この部落と遠い街中を毎日行き来するというのは、とても大変なことではないだろうか……？」

この部落の人々が街中に出向くには、徒歩しか手段はないはずであり、片道半日以上かかる長い道のりを日々往復するとなれば、不思議に思うのは当然である。

「それならば、ご心配なく……」と、アンヌが口を開いて、

「――私たちみんなを馬車で送り迎えしてくれるので、今では遠い街中も、すっかり身近なものになったわ。その馬車に乗れることも、私たちの喜びの一つなのよ」

と、眼を輝かせながら言った。

「馬車で送り迎えとは――何とも粋な計らいだ」

と、宝王が納得したように言うと、気を取り直したポーシャが思い浮かべるように、

「――馬車といえば、私……以前、こんな素敵な夢を見たの。それは、たくさんの馬に引かれた大きな馬車に乗っている夢で、この私は、ヨハン……あなたの腕の中にいたのよ。――それは、まるで王様に抱かれている、お姫様のような気分だったわ」

と、まるでメルヘンの世界に飛び込んでしまったかのように、うっとりとなりながら言うのだった。自らの命が蘇ったあの晩のことを彼女は夢として捉えていたのである。

その時――突然、ループルが、思わず、ぷっ！……と吹き出した。

たちまち現実に立ち返ってしまったポーシャは、

「ちょっと、何がおかしいのよ！」

と、すかさず彼の方に振り返り、すごい剣幕で言った。やはり、まだ先ほどの尾を引いてい

たようだ。

「――と、いうことは、お姉ちゃんがお姫様で、ヨハンが王様ってことでしょう？　それってどう考えても、おかしな話じゃないか。――だけど、そうなると、弟のおいらは王子様ってことだから、まあ、それはそれで、喜んで！　……だけど……だけどね」

「誰が王子様ですって！　勝手に決め付けないでよ！　――よくも、さっきから話の腰を折ってくれて……もう、許せないわ！」

ついにポーシャは堪忍袋の緒が切れて、ルーブルを背後からいきなり抱き締めると、先ほどのお返しとばかりに、今度は逆に彼の脇腹を容赦なくくすぐり始めるのだった。

「ワハハハハ……！　やめてくれよ、お姉ちゃん……！　ワハハハハ……！」

と、笑い転げるばかりのルーブル。しかしポーシャは手を緩めることはなく、

「いいえ、やめないわ！」

「ワハハハハ……！　王子様に、こんなことするお姫様が、どこにいるのさ……！」

「まだ言うか！　この小生意気な弟が……！」

ルーブルを抱き締める、ポーシャの腕にさらに力がこもった。

手の平で口元を覆いながら、アンヌがケラケラと愉快に笑っていた。――一方、今まで卓袱台の隅にしゃがんで、無言のまま話に聞き入っていたコゼフが、ようやく口を開いて、

「ほれほれ、また始まりおったわ。――まったく弱ったもので、最近二人は、年中そばにくっ

ついては、この有り様なのだ」

と、ほとほと呆れたように言うと、さりげなく宝王の方に眼をやった。

かつて、この姉弟がじゃれ合う姿など見たことはなかった、大人の階段を着実に上りながらも――これこそが仲睦まじい本来の二人の姿なのだろうと宝王は思った。一度は亡きがらになりながらも、ポーシャの命が無事蘇ってくれたことをつくづく嬉しく感じつつ、口元を歪《ゆが》めながら、その光景を静かに見守っているばかりの宝王だった。

ジェーシャのこさえてきた野菜粥をポーシャが茶碗に一つずつよそっていき、アンヌが配膳の役を務め、まず、その一つを宝王の前に差し出した。食欲をそそる美味しそうな香り。純白に光り輝く白米が、さまざまな野菜やキノコと色彩豊かに混じり合い、それは以前、食していたものとは比べ物にならないほど、見た目も豪華なものだった。

「みんなに行き渡ったようなので、頂くとしようかね。――お代わりはたっぷりあるんで遠慮なく言っておくれよ」

ジェーシャが言うと、皆は眼を閉じ、きちっと手を合わせて、あの食前恒例の祈りを捧げた。以前そうして来たように、宝王も彼らに倣い手を合わせた。しかし、いまだその祈りに込められた意味を知らず、そこで宝王は、この機会にあえて尋ねてみようと思い、皆が祈りを終えたところで、

「前々から気になっていたのだが……その祈りは、一体何に捧げてるのだろうか？」

「今は宝王様にお成りだけど——国王様のご健勝を祈り、ずっと捧げてきてるものなのよ」

ポーシャの口から返って来た思いがけない言葉に、宝王は驚いて、

「——それは、また、なぜだろうか……？」

するとコゼフが口を開いて、

「この世に生を授けられたものは皆、こうして食することによって、生き長らえることができるのだ。その有難みに対する感謝の気持ちは、もちろんだが——しかし知っての通り、私どもの人生は、これまで苦労と困難の連続だった。伯爵様が真実を語って下さるまでは、前世の悪行の報いから、私どもが苦境の生涯を歩むのは当然と信じ続けて来たが、それでも神である国王様のご健勝を願うことにより、その苦しみが少しでも和らいでくれるならとお慈悲を祈り、先祖代々そうして来たのだよ。そして宝王様にお成りになられた今、私どもの暮らし向きは、たちどころに豊かなものになった。私どもの祈りが宝王様に届き、願いを叶えて下されたのだと、部落の誰もがそう信じ、今では、その感謝の意を込めて、宝王様のご健勝を願い祈りを捧げているのだよ」

そのコゼフの言葉に、宝王の目頭は熱くなっていた。

「——ならば、もう一度、祈らせてもらおう」

宝王は再び眼を閉じて、手を合わせた。自らに博愛を授けてくれた、この部落の人々の幸せ

と、その繁栄に願いを込めて。――そして、この世界が、いつまでも平和であり続けるようにと、一心に祈り続けるのだった。

野菜粥の美味に堪能し、さらに団欒に花を咲かせて、やがて宝王はそこを後にした。『帰りたくなったら、いつでも帰っておいで――!』と、そんな〝ファミリー〟の温かい言葉に見送られて――。

宝王が戻って来ると、依然、男は花園で黙々と作業を続けていた。太陽は大きく西に傾いて、花園の脇にある林の陰に姿を隠そうとしていた。

男は近づいて来る宝王の姿に気づくと、すぐさま立ち上がり、そして立ち並ぶ木々の傍らに、寛がせていた宝王の愛馬を引いて歩み寄って来た。

「長々と面倒かけてすまなかった」

宝王は男に礼をした。

「いいえ、とんでもないことでございます」と、男は静かに頭を横に振りながら言うと、

「――それでは道中、気をつけてお帰り下さいませ……」

と、きちっと会釈して、そして宝王に愛馬を引き渡した。

依然、男は頭部の大半を手拭いで覆い、顔を俯《うつむ》き加減にしたままであり、その素顔を窺い知ることはなく、よほど内向的と思える人物のようだった。

宝王は愛馬に跨り敷地を出て行った。そして平原に伸びる一本道を疾走していくのだった。

するると男は、長く伸びる影と共に並走しながら去って行く、宝王の後ろ姿を眼で追いながら、敷地の出入り口にある門柱の大木の狭間まで歩んで行った。そして被っていた手拭いをおもむろに外し、首に下げると——そのまま地べたに跪き、広げた右手を左胸に押し当てながら、宝王に向かって、いつまでも頭を垂れていた。

実は、その男。——今では別人と思えるほど、スリムな体型になった、あのオルガルだった。ルガルオとは、それをただ逆読みしただけのものであり……現在は、そう名乗り、休日ともなると、ここを訪れ、花々の栽培に心血を注いでいたのである。

続いて宝王はマリーヌの自宅へとやって来た。広大な敷地は、今では建屋と馬小屋だけを取り囲むようにして柵で仕切られ、見るからに侘《わび》しいものとなっていた。かつて街中の迎賓館を初め、数多くの不動産を所有し、この地方きっての大富豪とされたアンドレオール伯爵だったが、それらすべてを手放して、紅の里の部落のすべての家庭に家を授けたというわけである。

夕刻を迎えても、暮れなずむ空の下、宝王は懐かしき馬小屋の建屋へと足を運んだ。両翼の扉を押し開け中に入ってみると、オリオン、ベガ、アルタイル、三頭の馬が、木枠の隙間から顔を突き出して、歩み寄る宝王を愛くるしい眼差しで見つめながら、穏やかに鼻息を立てていた。自らの来訪を歓迎してくれている様子だった。

「みんな、この私を覚えていてくれたのだね！」と、宝王の胸に嬉しさが込み上げてきて、

「そろそろ食事の時間だな。——今日ばかりは、私に奉仕させてもらおう」

壁際に埃《ほこり》を被った長靴があった。以前、自らが使用していたものであり、宝王は埃を払いのけて履きかえると、すぐに準備に取り掛かった。

首を傾けて彼らが美味しそうに食事をしている間、忙しく動き回りながら、馬具や道具の整理を行っていた宝王は、ふと何か気づいたように、

「寝床の藁《わら》も、ずいぶん汚れてきてるなあ。——よし！　食事が済んだら、私が交換してやろう！」

彼らの世話ができるのも、これが最後になるのだろうから、できる限りのことをして上げたいと、宝王は思ったのである。

やがて作業を済ませ、湧き出す汗をハンカチで拭い去りながら、宝王が一息吐こうと、扉の傍らに置かれた木箱に腰を下ろそうとした時、

「誰か、いるのかしら？」

と、突然外からマリーヌの声が響いて来た。愛馬たちに食事を与えようとやって来てみると、馬小屋の脇に見知らぬ馬がいることに気づいたのである。

宝王が振り返ると、小窓の向こうからマリーヌが顔を覗かせた。その瞬間、彼女の顔がハッとなり——すかさず中に駈け込んで来て、

「ヨハン！　いつか必ず、あなたがここを訪ねてくれるものと、ずっと信じていたわ！」

マリーヌは歓喜に溢れる顔つきで言った。

「これは、マリーヌ様！　長いことご無沙汰していた！」

宝王の顔が笑顔に包まれた。

彼自身、長靴姿であり、辺りはきちっと整理され、また愛馬たちの部屋の藁が真新しくなっていることに、マリーヌは気づいて、

「訪ねて来るなり、みんなの世話をしてくれるなんて、嬉しい限りだわ。──いろいろ事情があって、新しい馬番の方を雇えずにいて……今はジョセフと私の二人で、お座なりに行っているものだから、行き届かないところも多々あるの」

「彼らはいわば私の友だ。再会の印として、私にできるのはこんなことぐらいさ」

するとマリーヌは瞳を輝かせながら、

「ねえヨハン、今晩、お時間を頂けないかしら？　──是非、ゆっくりあなたとお話ができたらと思うの」

少し間をおくと宝王は、

「せっかくだが、そう長居しているわけにもいかないのだ。実は今宵、〝銀河の丘〟の麓へ、連れたちが、この私を迎えに来ることになっているので、まもなく行かねばならない」

宝王はふと小窓の外に眼をやった。外はすでに夕暮色に染まり始めていた。

「久しぶりに出会えたというのに、このまま去ってしまうのは寂し過ぎるわ」

と、マリーヌは哀しそうな顔をするが、すぐに気を取り直して、

「――ならば、そこまで私を同伴させてもらえないかしら？　頂《いただき》から望む、銀河の光に映し出された街の夜景は、とても素敵で……是非一度、あなたといっしょに望んでみたいの。そう時間は取らせないわ。――どうか、お願いだから、この私のわがままを聞いてちょうだい」

マリーヌは子供のように、すがるような眼差しで宝王を見つめていた。

「それは、何と楽しみなことか。今日は日和もいいので、きっと素晴らしい眺めだろう。――では、一足先に行って、頂であなたを待つとしよう」

宝王はさりげなく微笑んで見せた。

「よかったわ……！」

マリーヌは喜びと安堵に包まれた顔つきで言うと、ふと何か思い出したように、

「そう言えば、お父様だけど……あなたへのひどい振る舞いを今でもとても悔やんでいるの。そのあなたが、ここを訪ねて来ていることを知れば喜ぶはずなので、早速、知らせて来るわね」

と、言い終える間もなく一目散に駆け出した。宝王は呼び止めようとしたが……もう彼女の姿は母屋の中に消えようとしていた。

「お父様……！　ねえ、お父様……！」

マリーヌは陽気に叫びながら居間に駆け込むと、伯爵は大きな鏡に向かって、結んだネクタ

たのである。
イを整えている最中だった。今晩、懐かしき旧友と食事の約束があり、出かける支度をしてい
「どうしたのだね、マリーヌ？　ずいぶん、ご機嫌ではないか」
伯爵は鏡に映る彼女の姿を見つめながら、微笑ましげな様子で言った。
親子の亀裂は完全に修復され――それどころか、かつてないほど仲睦まじい間柄になってい
たのである。財産の大半を投げ出しながらも、その見返りに、二人は家族の幸せという、かけ
がえのない宝を手に入れたのだった。
「それが、聞いて下さい、お父様！　――ヨハンよ！　ヨハンが訪ねて来てるのよ！」
「ほう、それは懐かしい……」
伯爵は穏やかに微笑んで見せるが、それも束の間。――途端に、ぞっと蒼ざめた顔つきにな
って、恐る恐るマリーヌの方に振り返りながら、
「ヨハンとは、まさか……！」
「そうよ、あのヨハンよ！　以前のように、また馬小屋で、オリオンたちの世話をしてくれて
るのよ！」
マリーヌは嬉々とした笑みを浮かべながら言うが、それには伯爵は、眼がぎょっと飛び出さ
んばかりに、驚きに驚いた顔になって、
「――馬の世話だと！　何という恐れ多いことを……！」

と、絶叫さながらの声を上げると、せっかく結んだネクタイをひき千切るように外し始めていた。

慌てふためく父親の姿を……マリーヌは不可思議そうに見つめながら、

「一体、どうされたの？　――今晩、旧友のカレンツ伯爵と食事の約束があるでは……？」

「そんなものなど、即刻、取り止めだ！　この私も、ホウオ……いや、ヨハンとともに馬の世話をすることに決めたのだ！」

伯爵は叫ぶような声で言うと、ネクタイを放り投げ、勢いよく駆け出して――そして庭に面した引き戸をガバッと開くと、何とステテコ姿のまま、素足で外へ飛び出して行くのだった。

そんな取り乱した父親の様子をマリーヌは、立ち尽くしたまま、可笑しそうに見守るばかりだったが……その彼女の表情が、突如真顔になっていた。その時、ずっと思い続けていた、ある謎がようやく解けようとしていたからである。

伯爵が馬小屋に辿り着いた時には、もう、そこに宝王の姿はなかった。そこへカラコロと鳴り響く車輪の音が近付いて来て――もしやと思い、伯爵が急いで外へ飛び出してみると、やって来たのはジョセフだった。屋敷から粗大ごみを運び出そうと、空の手押し車を転がして、傍らを通り過ぎて行こうとしていたのである。

「こんな時に、何て紛らわしい奴だ！」

と、いきなり伯爵に怒鳴りつけられて、ジョセフにしてみれば、はなはだ迷惑な話であるが

──一方、そのジョセフはというと、

「旦那様、そのお姿は……！」

と、信じがたい伯爵の姿を目の当たりにして、思わず手押し車から手を放し、自らの眼を疑うように、見開いた眼をパチクリさせていた。

伯爵はジョセフの方に詰め寄って、

「おい、どこかで、あのお方を見かけなかったか！」

「あのお方とは、ヨハンのことですか……？」

「そうだ！　そのヨハンだ！」

「──ヨハンでしたら、今し方立ち去って行きましたが。うちのオリオンに匹敵するような立派な馬に跨り──ジョセフ兄ぃ！　いつまでもお元気で……！　と、キザなセリフまで残し……まったく、何て生意気な奴かと思いましたがね。それが、どこか憎めないような気がしましてね」

と、ジョセフはご機嫌そうに言うが、

「この、大ばか者が!!」

と、いきなり伯爵に顔の間近で叫ばれたものだからたまらない。

「ヒエーッ……！」

ジョセフは、たちまち後方に崩れ落ちて、背後に止めてあった手押し車の荷台に尻がスッポり収まって、自らが粗大ごみとなってしまうのだった。

伯爵は再び馬小屋の建屋に足を運び入れると、壁の側に置かれた木箱の上に、一足の長靴がきちんと並んでいるのに気づいた。伯爵は、その前に跪《ひざまず》き、広げた右手を左胸に押し当てると、長靴の上に宝王の姿を思い浮かべながら、丁重に頭《こうべ》を垂れるのだった。


夜空に横たわる壮大なる銀河。――宝王は愛馬に跨り、無数の星に取り囲まれながら、〝銀河の丘〟の頂から、眼下に広がる街の夜景を眺めていた。整然と立ち並ぶガス灯の灯が、二重にどこまでも延び、家々から零れるたくさんの灯が街中を埋め尽くしていた。その彼方には、星空を背景にエメラルド色に輝く丘や小高い山が幾つも点在し、視界に映るものすべてが、心を奪われるほど魅惑的なものだった。

やがてマリーヌがオリオンを走らせ丘を駆け上がってきた。そしてオリオンをゆっくり歩ませて、宝王の傍らにやって来ると、二人は騎乗したまま肩を並べた。

「――思ったとおり、今宵も、相変わらずの素晴らしい眺めだわ」

マリーヌは視界に飛び込んで来る光景に、うっとりとなりながら言った。

「幸いにも過去の記憶をすべて取り戻し……だからこそ言えるのだが、いまだかつて、これほど美しい光景を眺めたことはない。まるで幻想の世界に心が吸い込まれていくようだ」

宝王は正面を見据えたまま、感銘した面持ちで言った。

「悲しみや辛さに打ちひしがれる時は、この素敵な光景が、何よりも私の心を癒してくれたわ。——だから自宅謹慎を命ぜられ、ここを訪れることができずにいた、あの頃ほど切なく、心が窮屈に感じられた日々はなかったわ」

「そのあなたも今では本来の輝きをすっかり取り戻してくれた。そんなあなたに再び出会えたことを私は大変嬉しく思う」

「記憶を取り戻しても、あなたがそのままでいてくれたこと。——私はそれを心から嬉しく感じているわ」

依然二人は視線を交わすことなく、正面に眼をやったまま、お互いの気持ちを伝え合った。

するとマリーヌは改まった様子になって、

「この美しい光景は去ることながら——実は、あなたをここへ誘ったのは、是非、あなたに見てもらいたいものがあったからなの」

「さて、それは一体、何だろうか？」

宝王は振り返り、興味深げな様子で訊くと、マリーヌは遠くを指差しながら、

「街の左手のずっと向こうに、仄かに光り輝く幾つもの灯が見えるかしら？」

宝王は眼をやり、やがて視界に捕らえると、直感的に閃《ひらめ》いて、

「——あれは、もしや……〝紅の里〟の部落から零れる灯なのでは……？」

「ええ、その通りよ」と、マリーヌは肯くと、

「かつては暗闇に過ぎなかったものが、今ではこうして幾つもの灯が燈り――まるで産声を上げたばかりの生命が、活気盛んに成長し始めようとしているように、小さな街になろうとしているわ。そして現在、そこで生まれ育った少年少女たちが、宝王様より新たに医師の資格を授かった私の元から巣立ち、街中の学校で他の生徒たちと共に、分け隔てなく本格的に医療の勉強に励んでいるわ。この大きな街。……そしてあの小さな街にも、銀河の光は平等に降りそそいでいるのだから、人は誰しもが平等であり、心だって通じ合えなくてはならないもの……。そこで近い将来、あの子たちが、その架け橋になってくれればと、私は切に願うの。きっと宝王様のお気持ちも同じなのでしょう。だからこそ、この私に大層な医師の位をお授け下されたのだと信じているわ。――神と崇められる宝王様ですが、実際は心大らかで苦悩に喘《あえ》ぐ一人のお方と、私はお見受けするので、その宝王様のご期待に応えるためにも、あの子たちが、希望を胸に翼をはためかせ、大海原に飛び立てる日を待ち望み、ずっと見守り続けて上げることが、私の使命と、そう心に受け止めているわ」

自らの心を見透かされているように感じながらも、宝王はそのマリーヌの言葉に感慨無量になって、

「それは何と心強いことか！　――何しろ託する人物はあなたしかいない。この私にとっても有難い限りだ」

と、ヨハンとしての心を重ね合わせながら言うのだった。

マリーヌはふと丘の麓に眼をやると、不規則に旋回する五頭の馬に気づいて、

「どうやらお迎えが見えたようだわ。そろそろ行かねばならないわね」

宝王の側近たちだった。夜を迎えても姿を現さない宝王に気を揉んでいたのである。

マリーヌは、ようやく宝王の方に振り返り、そして真剣な眼差しで宝王を見つめると、

「——最後に一つ……あなたに訊きたいことがあるの」

「さて、何だろうか……？」

宝王は不思議そうにマリーヌの顔を見つめながら訊いた。

「ポーシャが亡きがらになってしまったという話を父から聞かされた時は、目の前が真っ暗になるほどの衝撃を受けたわ。だけど、あなたが父に言い残した通り、部落を訪ねてみたら、何事もなく元気にしている彼女の姿を見て、安堵の胸を撫で下ろしたのはもちろんだけど、以来ずっと謎に思い続けてきたわ。——実は、その彼女の命を蘇らせたのは、ヨハン。……それは、あなただったのね？」

予期もせぬマリーヌの問いかけに、たちまち宝王は動揺を隠しきれない様子になって、

「いきなり何を突拍子もないことを……！」

「——もう、よろしいのです。私には何もかもわかっているのですから……」

突如畏《かしこ》まった様子になるマリーヌに、宝王は胸騒ぎすら覚えて、

「マリーヌ様……」

と、それ以上の言葉を失った。

するとマリーヌは、どこか切なさに包まれた様子で、おもむろに天を見上げると、

「この私をマリーヌ様ではなく、マリーヌと……そう呼んで頂ける日を心待ちにしたいのですが、それは、もはや叶わぬ望みなのかもしれません。――ですが、私はあなたのことを心よりお慕い申し上げます。これからも、ずっと、ずっと永遠に……たとえあなたが、〝ヘンリー、グレニズム百世〟……宝王様であったとしても――」

と、ふと湧き上がる恋心を抑え込むようにして、銀河の星々を仰ぎながら、自らの想いを打ち明けるのだった。

エピローグ

そこは、かつて〝地球〟と呼ばれていた惑星だった。遠い過去には高度な文明を持つ人類が存在したのである。目覚しい科学技術の進歩により、人々を取り巻く生活環境をより豊かなものにさせていったが、その反面、生活圏を脅かす、さまざまな問題を引き起こしてもいた。——その一例として挙げられるのが公害であり、特に産業の発展による、温室効果ガス排出による、気温の急激な上昇が、自然体系をことごとく乱していき、やがて人類滅亡の危機につながりかねないと懸念されても、本格的にその対策を講じようとはしなかった。——しかしながら、その人類の終焉は意外にあっけないものだった。

誕生以来、常に争いごとが絶えない人類であり、いかに文明が進歩しようとも、決してその性質が変わることはなかった。高度な技術が核を生み出し、それをより強力な武器に変えていき、やがて第三次世界大戦と呼ばれる、世界全面戦争が勃発すると、世界中の至る所で核弾頭が飛び交い、各大都市は炎と死の灰に包まれ、人々の命がことごとく奪われていった。そして、ついに歯止めが利かなくなると、世界各地に平和利用の目的で建設されたはずの原発だったが、皮肉にも、その原発破壊合戦という、核で核を潰し合う、悲惨極まりない事態にまでエスカレートしてしまうのだった。その結末は言わずとも知れたことであり……つまり、それが止《とど》めとなって、自らの首を絞めるようにして死滅していった、愚かな人類だったのである。

その人類が滅びた後も、放射能に汚染された劣悪な環境の中でも、生命力の強い動植物たちが奇形化しながらも何とか生き残り、その後、歪めた進化を辿りつつ、その惑星は生命を存続させていったが……暫くの時が流れると、その汚された自然の摂理を神が認めなかったのか、それをリセットするかのような天変地異が起こったのだった。

かつて、その惑星には〝月〟と呼ばれる衛星が存在していた。それが、ある日突然、宇宙の彼方から飛来した天体と、もろに激突して、木っ端微塵に砕け散ってしまったのである。本来、その軌道は、惑星本体に直撃する状況下にあったが、衛星自らが盾となり、その惑星を守り抜いたのだった。しかし、その残骸は惑星にも激しく降りそそぎ、その衝撃で惑星上の全生命は死滅した。――小高い丘や山々が多い地形は、その名残であり……〝銀河の丘〟も、その衛星の残骸の一部によって形成されたものだったのである。

永遠のパートナーとされていた衛星を失いながらも、神の思召しによるものか……その惑星は奇跡的にも軌道のバランスを失うことなく、これまで同様、太陽を周回し続けていた。そして、さらに数十億年という悠久の時を隔て――深海奥深くに眠っていた汚れなき微生物が、進化に進化を繰り返し、やがて再び新たな人類が出現したのである。

夜空に横たわる壮大なる銀河。――それは、かつて二百数十万光年の彼方に存在していた、我々の太陽系がある天の川銀河よりも、さらに巨大な、あのアンドロメダ大銀河だった。
それが急接近し……二つは融合銀河として、今まさに一つになろうとしていたのである。

——

エピローグ

〈著者紹介〉

たくま きよし

1963年、さいたま市生まれ。さいたま市在住。

銀河の光が降りそそぐ街

2019年 6月27日初版第1刷印刷
2019年 7月 8日初版第1刷発行
著 者 たくまきよし
発行者 百瀬精一
発行所 鳥影社 (www.choeisha.com)
〒160-0023 東京都新宿区西新宿3-5-12トーカン新宿7F
電話 03(5948)6470, FAX 03(5948)6471
〒392-0012 長野県諏訪市四賀229-1(本社・編集室)
電話 0266(53)2903, FAX 0266(58)6771
印刷・製本 モリモト印刷

定価（本体1500円+税）

ISBN978-4-86265-747-3 C0093

乱丁・落丁はお取り替えします。